la courte échelle

S0-CXX-496

Les éditions de la courte échelle inc.

Marie-Danielle Croteau

Marie-Danielle Croteau est née en Estrie. Après des études en communication et en histoire de l'art, elle a travaillé pendant plusieurs années dans le domaine des communications. Aujourd'hui, elle se consacre à l'écriture.

À la courte échelle, Marie-Danielle Croteau a écrit pour les jeunes et les adolescents dans les collections Album, Premier Roman, Roman Jeunesse et Roman+. Elle a également publié *Le grand détour* dans la collection de romans pour les adultes. Certains de ses titres sont aussi traduits en anglais.

Marie-Danielle Croteau a vécu en France, en Afrique, dans les Antilles et en Amérique du Sud. À bord de son voilier, elle a parcouru le monde avec sa famille, traversant l'Atlantique, voguant dans le Pacifique. Elle est une passionnée de la vie, toujours prête à repartir pour une nouvelle aventure.

De la même auteure, à la courte échelle

Marie-Danielle Croteau

Et si quelqu'un venait un jour

la courte échelle
Les éditions de la courte échelle inc.

Les éditions de la courte échelle inc.
5243, boul. Saint-Laurent
Montréal (Québec) H2T 1S4

Conception graphique de la couverture:
Elastik

Conception graphique de l'intérieur:
Derome design inc.

Mise en pages:
Mardigrafe inc.

Révision des textes:
Andrée Laprise

Dépôt légal, 1er trimestre 2002
Bibliothèque nationale du Québec

La courte échelle reconnaît l'aide financière du gouvernement du
Canada par l'entremise du Programme d'aide au développement de
l'industrie de l'édition pour ses activités d'édition. La courte échelle
est aussi inscrite au programme de subvention globale du Conseil des
Arts du Canada et reçoit l'appui du gouvernement du Québec par
l'intermédiaire de la SODEC.

La courte échelle bénéficie également du Programme de crédit d'impôt
pour l'édition de livres — Gestion SODEC — du gouvernement du
Québec.

*L'auteure remercie le Conseil des Arts du Canada pour son appui
financier.*

Données de catalogage avant publication (Canada)

Croteau, Marie-Danielle

Et si quelqu'un venait un jour

(Roman Jeunesse; R+62)

ISBN 2-89021-560-1

I. Titre.   II. Collection

PS8555.R618E8   2002   jC843'.54   C2001-941755-1
PS9555.R618E8   2002
PZ23.C76Et 2002

Pour Gabrielle
qui trouvera son île
un jour, c'est certain.

Chapitre 1
Avec la fraîcheur venait l'ennui

Teiki habitait au milieu de l'océan. Peu importe l'endroit où il se trouvait, sur Tamatangi, il ne voyait que de l'eau. La mer à perte de vue.

La goélette qui approvisionnait cette partie du Pacifique Sud visitait les îles tous les mois. Chez Teiki, elle ne passait que deux fois l'an. «Trop loin», se plaignaient les marins. Ils chargeaient le coprah* récolté par les gens de l'atoll, laissaient en échange des bidons d'huile, des sacs de riz, de farine, de sucre et de café, puis ils repartaient. Soulagés.

Un jour, il y avait de cela trois ou quatre ans, le capitaine de la goélette avait montré au garçon une carte marine. Sur la feuille, il n'y avait que du bleu et, en plein centre, un petit cercle blanc. C'était Tamatangi.

---

* Noix de coco décortiquée.

À présent, Teiki était seul sur son anneau de sable et de corail, au milieu du néant. Le cyclone avait tout emporté et le capitaine ne reviendrait peut-être jamais, puisque le quai aussi avait disparu. Rien que d'y penser, cela donnait le vertige à Teiki. Il ne devait pas y penser. S'il voulait survivre, il devait ne penser à rien.

Le jeune Polynésien repoussa les feuilles de cocotier qui lui servaient de couverture et se leva. C'était le moment le plus difficile de la journée, celui où la solitude lui pesait réellement. Le reste du temps, il pouvait la supporter. Il avait l'habitude de vivre isolé pendant de longues périodes. Avant, son père l'envoyait parfois travailler dans la cocoteraie un cycle de lune entier.

Récolter le coprah, c'était dur et ça ne rapportait pas beaucoup. Il fallait grimper aux cocotiers, descendre les noix, les fendre et les exposer au soleil jusqu'à ce qu'elles soient sèches, les ramasser, les ensacher et les apporter au quai à pied.

Le père de Teiki avait trouvé mieux pour gagner sa vie. Il s'était rendu à Rangiroa avec la goélette et en avait rapporté des nacres pour la culture des perles. On l'avait assuré que c'était facile, aux Tuamotu, où l'eau des lagons est calme et pure.

Il avait greffé les nacres selon la technique qu'il avait apprise là-bas, avec des petites billes blanches appelées nucleus. Il avait installé des bouées dans la partie la plus isolée du lagon et y avait suspendu des chapelets de coquillages avec un poids au bout, pour qu'ils ne partent pas avec le courant de marée. Puis il avait attendu.

La première récolte n'avait pas donné grand-chose, la deuxième non plus. Quelques perles sans grand éclat ni bien rondes, mais qui avaient tout de même fait rêver.

On y parviendrait. On finirait par produire la perle parfaite, une bille de vingt millimètres au moins, avec des reflets bleus et dorés, et ce serait la fortune. Mais pour cela, il fallait davantage de bouées et de coquillages, et pour en acheter, on avait besoin d'argent.

Alors ils avaient travaillé sans arrêt, toute la famille durant des mois, et quand le bateau était venu, il y avait tellement de poches de cocos séchés que le capitaine avait refusé de les embarquer.

— C'est un grand cargo qu'il vous faut! avait-il pesté. Pas une petite goélette!

Par bonheur, les deux hommes avaient réussi à s'entendre après de longs pourparlers.

Le père avait expédié la moitié du coprah, reçu ses bouées au voyage suivant et ses coquillages six mois plus tard, lorsque l'autre moitié des cocos avait été livrée. Il avait à peine fini de greffer les nouvelles nacres quand le cyclone avait frappé.

Ce soir-là, il avait confié la surveillance de la ferme à son fils et était retourné au village. Il était inquiet. Il avait deviné qu'une tempête se préparait et voulait assurer la sécurité de sa femme et de ses trois autres enfants. Il voulait aussi protéger ses biens. Il conduirait sa famille chez des amis. Ensuite, il barricaderait sa maison, une habitation de bois beaucoup moins solide que le faré-perles*, et quand ce serait terminé, il reviendrait à la ferme.

Teiki n'avait jamais revu son père.

Il tira sa machette de sous son lit et partit à la recherche d'un coco germé. Ce n'était pas difficile, il y en avait des tas. Seulement, pour les dénicher, il fallait déplacer les troncs de cocotiers tombés un peu partout avec la tempête. Le sol ressemblait

---

* En Polynésie, le «faré» désigne la maison. Le faré-perles est le nom donné au bâtiment construit sur le site d'une ferme perlière. Certains y habitent, d'autres n'y font que la greffe et la récolte des perles.

à un jeu de baguettes chinoises, couleurs en moins.

Teiki ne connaissait pas beaucoup de jeux, mais celui-là, il en avait reçu un en cadeau de son professeur, au primaire. Il s'en était beaucoup servi. Pour vider les coquilles d'oursins. Pour enrouler ses fils de pêche. Pour embrocher les yeux de requins, aussi. Très pratique.

Le garçon repéra une feuille vert tendre qui pointait à travers les détritus. Il dégagea la noix et fendit la coquille d'un geste vif. Une boule blanche et spongieuse, semblable à de la meringue et tout aussi sucrée, remplissait sa cavité. Teiki en raffolait et il mourait de faim.

Il rangea néanmoins son outil avant de manger. C'était l'objet le plus précieux qu'il possédait, d'autant plus précieux qu'il l'avait perdu pendant la tempête et qu'il l'avait récupéré ensuite. Un vrai coup de chance. Ou un coup du bon Dieu, comment savoir?

Dans la bouche, la mousse de coco avait d'abord la texture d'une éponge, puis elle fondait rapidement et devenait une petite boule compacte, collante, que Teiki mâchait consciencieusement en observant la mer.

La houle avait encore diminué pendant la nuit. Bientôt, le niveau de l'eau serait revenu à la normale et il serait possible d'explorer les vingt mètres de terre encore inondés. Sur vingt mètres, on pouvait faire de sacrées trouvailles. Teiki était bien placé pour le savoir.

Il lui avait suffi d'un pas pour buter sur le manche de sa machette et depuis, il n'avait plus rien à craindre. Rien, c'est-à-dire la soif. Car ironiquement, c'était là le seul véritable danger qui le menaçait. Il avait beau vivre entouré d'eau, il risquait de mourir de soif.

Maintenant qu'il avait de quoi fendre des noix de coco, il avait à boire et à manger. Son peuple survivait depuis des générations sur une bande de sable d'un kilomètre de large, coincée entre la mer et le lagon. Pourquoi pas lui?

Il retourna à sa hutte, choisit un hameçon parmi ceux recueillis au cours de ses promenades sur l'île, et s'en alla pêcher. Ses repas du midi et du soir assurés, il partirait à la quête de trésors. Il aurait aimé mettre la main sur des allumettes. Pas pour faire cuire le poisson — il avait l'habitude du poisson cru — mais pour le début de la nuit.

Juste après le coucher du soleil, il faisait toujours un peu froid et, avec la fraîcheur, surgissait l'ennui. C'était le deuxième moment le plus difficile de la journée. Pareil au matin, personne pour couvrir le bruit des vagues. Heureusement, Teiki travaillait fort et le soir, il s'écroulait de fatigue. Il s'endormait vite. Il ne s'ennuyait pas trop longtemps.

Coup sur coup, le Polynésien attrapa deux beaux gros *pargos**. Il était content. Il les rapporta chez lui, creusa un trou dans le sol, à l'ombre, les y enterra, rangea ses agrès de pêche et repartit. Aujourd'hui, il explorerait la côte est. Et quand le soleil serait juste au-dessus de sa tête, il regagnerait la ferme.

Il marcha lentement, inspectant chaque recoin de la plage. De temps en temps, il rencontrait un bernard-l'ermite. Il soufflait doucement dans la bouche du coquillage qui l'hébergeait jusqu'à ce que le minuscule crustacé sorte de sa cachette.

— Ça va? lui demandait-il.

Il le laissait vagabonder quelques instants sur sa main, sur son avant-bras, puis il le remettait à terre.

— À demain peut-être, murmurait-il en le quittant.

---

* Poissons des mers tropicales.

15

Il ne parlait pas beaucoup. Sa voix sonnait étrange dans tout ce vide. Il préférait se taire et écouter la mer, mais il ne pouvait s'empêcher de faire un brin de conversation avec les petits crabes, ses rares voisins.

— La marée baisse, dit-il à celui dont il venait de s'emparer.

Quand l'eau se retirait, elle abandonnait sur la rive des objets utiles. Des cadeaux qu'elle posait là avant de s'enfuir, peut-être pour se faire pardonner sa trop grande colère.

Teiki installa son compagnon sur son épaule et gagna la côte à longues enjambées. Rendu à la barrière de corail, il ralentit cependant l'allure. Il devait choisir à chaque pas où poser ses pieds nus parce que le corail est semblable à de la porcelaine cassée. Doux et lisse à certains endroits, très coupant ailleurs.

Tout en cherchant ses points de chute, le jeune Polynésien examinait les creux où la marée demeurait prisonnière avec, parfois, des petits poissons qui lui servaient d'appâts à la pêche.

Peu avant midi, il repéra dans un de ces trous une pochette de plastique à moitié remplie d'eau poisseuse et renfermant des chaussures étranges. Faites de cuir très mince, elles étaient dépourvues de talon. Elles étaient si fines qu'on n'aurait pas imaginé les utiliser pour marcher. À quoi diable pouvaient-elles donc servir? Recevoir les visiteurs à la maison? Elles devaient provenir de fort loin en tout cas. Même dans les livres de monsieur B., Teiki n'en avait jamais vu de semblables.

Troublé par sa découverte, le garçon replaça les chaussons dans leur étui et rentra chez lui. Sa hutte se dressait à l'intérieur de l'atoll, côté lagon, dans la baie où était située la ferme perlière. Il l'avait construite à l'emplacement exact du faré-perles, qui avait lui aussi été balayé par le cyclone.

Teiki débarrassa sa table des boîtes, flacons et autres babioles qu'il y avait entassés les derniers jours et y déposa les chaussures. Puis il déchira une manche de son unique chemise pour s'en faire un chiffon et entreprit de les éponger. Quand il eut extrait toute l'eau salée possible, il versa un peu de son eau douce, si précieuse, dans une noix de coco évidée et les lava. Ensuite, il les exposa au soleil et prépara son poisson qu'il mangea dehors, et non à la table selon son habitude, en compagnie des chaussures.

Chapitre 2
Que ce qui devait être soit

Cet après-midi-là, Teiki ne sortit pas. Il se consacra tout entier aux chaussures. Lorsqu'elles furent sèches, ce qui ne requit guère plus d'une heure ou deux, car le soleil, aux Tuamotu, tape dur, il les enduisit d'huile de coco. Il massa le cuir lentement, délicatement, jusqu'à ce qu'il retrouve toute sa souplesse. À la fin du jour, les chaussons paraissaient neufs.

Teiki y glissa les mains et tendit les bras pour mieux les admirer. Ils étaient superbes. Il tenta de les enfiler, mais ses pieds faisaient au moins le double de leur largeur et malgré leur extrême souplesse, il n'y parvint pas. Aussi bien essayer d'entrer un crabe de cocotier dans la coquille d'un bernard-l'ermite!

Il rit.

C'était la première fois que le Polynésien riait depuis le cyclone. Depuis combien de jours? Il n'avait pas jugé nécessaire d'en tenir le compte. Pourquoi l'aurait-il fait? Pour qui?

Aujourd'hui, il taillerait une encoche dans un des poteaux de sa cabane. Si jamais quelqu'un venait un jour réclamer ses chaussures, Teiki pourrait dire voilà, je les ai trouvées il y a tant de jours. Il n'aurait qu'à compter les marques dans le bois. Et cette personne serait heureuse parce qu'elle verrait qu'il les avait dorlotées.

Teiki était redevenu un pur Polynésien avec le sens de l'hospitalité propre à son peuple. Il était fier. La veille, l'avant-veille, il n'était rien qu'un survivant. À présent, il était vivant.

Quand il s'allongea, le soir, après avoir soigneusement emballé les chaussures dans sa chemise et leur avoir fait une place dans sa couchette, Teiki ne put s'endormir. Peut-être n'avait-il pas assez marché, peut-être était-ce à cause de sa trouvaille? Tout ce qu'il avait voulu oublier lui revint en mémoire.

Le vent se mit à siffler dans sa tête. En quelques heures, il avait atteint une force insensée. Les cocotiers cassaient les uns après les autres, certains au milieu, d'autres juste sous la ramure, et leur couronne volait dans l'espace avant de s'écraser dans un bruit sourd. Le bruit était partout. On aurait cru un roulement de tonnerre permanent.

Étendu sur sa paillasse, Teiki sentit, comme ce jour-là, une onde s'emparer de son corps et le traverser, le secouer, le tordre, le réduire à l'état de chiffon.

Il lui avait fallu une force surhumaine pour ne pas se faire emporter.

Tamatangi n'avait jamais été touchée par un cyclone et pourtant Teiki savait que c'en était un. Les ancêtres de l'île connaissaient plein d'histoires à ce sujet. Ils les racontaient autour du feu, quand commençait la saison des tempêtes. Ils soutenaient qu'il fallait grimper à un cocotier, s'y attacher et prier. Il n'y avait rien d'autre à faire. Prier pour que son cocotier ne casse pas.

— Suffit de s'attacher à la base, elle est bien plus solide, objectaient les jeunes.

— C'est que l'eau monte, mon garçon. Elle peut monter jusqu'à mi-hauteur d'un cocotier adulte. Dix mètres, quinze mètres, qui sait?

L'eau, en effet, avait monté. Le faré-perles avait été inondé avant d'être balayé par une vague. Pourtant, on l'avait construit sur des pilotis hauts de deux mètres. C'est dire combien la mer était devenue grosse.

De son perchoir, le garçon avait vu une montagne d'écume blanche s'avancer, soulever la maison, la broyer et la précipiter en miettes dans le lagon. À cet instant, il avait cru mourir. La vague monstrueuse avait poursuivi son chemin jusqu'au cocotier où il s'était réfugié quelques minutes plus tôt et l'avait submergé.

Teiki était un garçon des îles. Il avait l'habitude de l'eau et des profondeurs. Il avait toujours plongé pour la pêche. Quand son père avait démarré la perliculture, c'est lui qui avait fixé les bouées au fond du lagon et parfois, il fallait y rester très longtemps parce que les câbles s'agrippaient aux pâtés de corail.

Prisonnier de l'avalanche liquide, Teiki avait cessé de respirer et s'était cramponné à son arbre. Sa plongée avait duré une éternité. À la fin, ses poumons brûlaient et sa tête voulait éclater. Il ne tiendrait pas. Il se noierait, accroché à un cocotier tel un singe. Cette idée, si parfaitement ridicule, lui avait sauvé la vie. Elle l'avait distrait quelques secondes, juste assez pour que le raz-de-marée commence à se retirer.

La tête hors de l'eau, enfin, Teiki s'était saoulé d'oxygène. Étourdi, il avait fermé les yeux. Il était épuisé. S'il avait relâché son étreinte, il aurait glissé le long du cocotier et il aurait coulé. La mer était là, prête à s'en emparer, haute encore de plusieurs mètres.

Mais ses bras étaient soudés l'un à l'autre et les muscles de ses jambes étaient si tendus que le garçon ne s'appartenait plus. Il était devenu un renflement de l'arbre, une malformation congénitale de son tronc noueux. Cet arbre-là, c'était un dur. Il n'avait pas cédé sous la pression de la vague, à peine s'était-il courbé dans le vent.

Incapable de bouger, Teiki avait attendu sa mort. Un autre mur d'eau se formerait et l'engloutirait, c'était certain. Cette fois, il n'aurait pas la force de retenir son souffle. Ni le courage ni même l'envie. Tout ce qu'il souhaitait, c'était d'en finir. De dormir. Dormir… Et il s'était endormi. Recroquevillé, transi, ratatiné comme un fruit abandonné sur un arbre trop cueilli.

Il n'avait pas entendu la tourmente s'apaiser petit à petit. À son réveil, le cyclone était passé. Les nuages noirs de la veille avaient cédé la place à de grosses boules de coton blanc. Le soleil chauffait la peau du garçon et déjà, ses vêtements étaient presque secs.

Le cocotier de Teiki baignait toujours dans l'eau. L'océan recouvrait la plus grande partie de l'atoll, à croire que cette terre n'avait jamais existé. Fallait-il que ses ancêtres polynésiens, partis d'Asie sur de longues pirogues, aient été désespérés pour s'arrêter là, au centre de nulle part!

Le garçon mesurait à présent la fragilité de leur entreprise. S'installer dans un archipel où les îles affleuraient à peine le niveau de la mer. Où rien ne poussait, hormis des cocotiers. Où aucun animal n'avait jamais vécu avant eux. Où seuls des oiseaux de mer se posaient lorsqu'ils étaient perdus. Où les vagues et le vent pouvaient à tout moment détruire le labeur des hommes.

Teiki voyait se déployer à ses pieds un étang inqualifiable, mélange de lagon et d'océan Pacifique, percé çà et là d'arbres étêtés, meurtris, amputés. Tout autour flottaient des débris, des noix de coco, des bouées, des bribes d'humanité. Il ne le savait pas encore, mais au fond il le savait: il ne restait plus que lui à Tamatangi.

Il avait desserré son étreinte et avait glissé le long du cocotier. Ses muscles n'étaient plus qu'une masse compacte et douloureuse. Il avait descendu centimètre par centimètre, au prix d'efforts monstrueux, puis il avait pénétré dans l'eau. Nager l'avait quelque peu soulagé physiquement et avait accru le cynisme qui couvait en lui, de pair avec une révolte immense. Son enveloppe de poisson lui était apparue parfaitement adaptée pour affronter la réalité qui l'attendait. Cerveau minime, défenses à plein, aucun sentiment.

Au village, Teiki n'avait trouvé que des corps boursouflés et meurtris flottant dans une soupe d'huile et d'eau salée. Il n'avait pas tenté de les identifier. Il n'avait pas cherché sa mère, son père, ses jeunes frères et sa sœur aînée, elle encore moins que les autres. Parce qu'elle était si belle et qu'il l'aimait tant. Il s'était hissé sur un muret de pierres et avait attendu.

Il avait fallu quarante-huit heures pour que l'eau baisse et que l'atoll se découvre dans sa partie la plus haute. Quarante-huit heures pendant lesquelles le vent et les vagues avaient continué de charrier les ruines du village vers le large. Quand des cadavres se coinçaient sous des troncs d'arbre, Teiki descendait et les poussait dans le courant. Puis il remontait sur son muret.

Il restait là dans le but de voir ce que le Créateur du monde, dans sa grande bonté, choisirait d'épargner. Quels bidons, quels bols, quels bouts de bois et de ficelle méritaient ce traitement de faveur?

Le jeune Polynésien était retourné à la ferme perlière quand les eaux du lagon et de l'océan s'étaient séparées, et que les contours de l'atoll, quoique encore incomplets, étaient apparus. Il avait emporté quelques objets utiles à sa survie. Simple question d'instinct, certains animaux remplissent leur tanière.

Se construire une case n'avait pas été compliqué. Il y avait partout des troncs, des bouts de câble et des palmes. Tous les Paumotus savent tresser les palmes pour en faire des cloisons. Teiki le savait mieux que quiconque: il avait dressé des dizaines de campements dans les cocoteraies depuis qu'il était en âge de travailler et même avant. Son père l'avait retiré de l'école très tôt. Il en avait besoin dans la cocoteraie.

Sans sa soeur, le garçon aurait à peine su lire et compter. Elle l'avait suivi au coprah avec sa machette, des cahiers et des livres. Hereiti avait la patience d'une mère, la douceur d'une amoureuse, la joie de vivre d'une Polynésienne et la détermination d'une fille de dix-huit ans. Elle avait seulement un an de plus que son frère.

Les mauvaises langues racontaient que Teiki en était amoureux. Ce n'était pas ça. Il l'aimait, voilà tout. Hereiti était une personne entière. Elle ne cachait rien. Elle pouvait détester avec fureur, mépriser sans retenue ou aimer à la folie. Elle adorait son frère.

Ensemble, ils avaient récolté le coprah. Chassé le requin. Pêché les oursins. Réparé des filets. Fabriqué des colliers avec des coquillages minuscules qui disparaissaient entre les doigts du garçon. Ils avaient aboli ces différences si grandes qui marquent encore les rôles des uns et des autres dans la société traditionnelle.

Hereiti avait refusé le mariage à seize ans, la maternité à dix-sept, la cuisine à perpétuité. Elle avait opté pour la modernité sans même la connaître. Cette fille faisait peur aux garçons et cependant, ils la désiraient tous. Pour sa remarquable beauté.

Hereiti avait le sang pur. Dans sa lignée, aucun mariage consanguin comme il y en avait ailleurs sur le territoire. Ses traits rappelaient la lointaine Asie. Yeux en amande très foncés, peau dorée, cheveux soyeux et parfaitement noirs.

Par contre, son corps avait suivi l'évolution de la race. L'adolescente avait la taille et la carrure d'un jeune homme. Attaches fortes, pieds plats et larges, épaules solides. Ses cheveux lui descendaient jusqu'aux genoux. Elle ne les nouait jamais, même par les plus grandes chaleurs. Quand Hereiti courait, sa chevelure coulait en cascade, et le soleil allumait de minuscules étincelles là où perlaient des gouttes de sueur.

Quand Hereiti dansait, la cascade se transformait en chute. Les cheveux éclaboussaient en gerbes sombres, luisantes, retombaient et s'envolaient de nouveau. Si la danseuse tourbillonnait, sa chevelure suivait avec un instant de retard et bientôt l'enveloppait dans un linceul. Un mouvement contraire et la toile s'ouvrait, découvrant le visage radieux de la morte. Hereiti était vivante.

Vivante… Dans l'obscurité, Teiki se boucha les oreilles pour faire taire le murmure de la mer. Les vagues brisaient à quelques mètres de sa hutte et leur fracas couvrait le rire si cristallin de sa soeur. Hereiti riait quand elle dansait. Il voulait n'entendre qu'elle et ne le pouvait pas, même en pressant très fort, car alors sa tête voulait éclater comme lorsqu'il était prisonnier de la vague. Et tout recommençait.

Le souvenir de son calvaire remplaçait celui de sa soeur. Il se revoyait découvrant le village inondé, les maisons crevées, les meubles à la dérive, les cadavres. L'odeur de pourriture.

Teiki hurla. Il laissa échapper ce cri qu'il retenait depuis le cyclone, la plainte interminable d'un animal blessé. Le garçon évacuait toute sa douleur, sa colère, sa haine, sa révolte, et peu lui importait à présent le son de sa voix dans le silence. Il ne l'entendait pas. Il était dans le son. Il était le son. Une longue note aiguë de saxophone fêlé, que la brise portait vers les eaux du lagon.

Chapitre 3
Ce calme lourd qui régnait
sur l'océan

Dans une autre vie, Mira serait un lézard. Elle se prélasserait au soleil à longueur de journée et quand la chaleur serait trop accablante, elle glisserait dans le ruisseau sans bruit. Elle n'aspirerait à rien, n'aurait peur de rien. Elle mangerait pour survivre, pas plus, et uniquement ce qu'elle attraperait sans bouger, simplement en tirant la langue. *Fast food*. Ce serait le paradis.

— Nous serions deux lézards, hein Tomas?

Mira émit un petit rire silencieux:

— Est-ce qu'on dit «lézarde», au féminin?

Elle posa sa main sur la jambe inerte de son frère.

— Tu es encore trempé. Tu n'as pas froid?

Elle se souleva, enleva sa veste de quart qui était aussi mouillée que celle de son jumeau, et la disposa de manière à les couvrir tous les deux.

— Demain, je fais sécher nos vêtements. Promis. Sur la plage.

Une autre nuit et le cauchemar serait terminé. Juste avant le coucher du soleil, Mira avait repéré à l'horizon des arbres qui pointaient à la surface de l'eau. Une île ou un atoll, sûrement. Et le radeau de survie dérivait droit dessus!

— S'il y a des arbres, Tomas, il y a des gens. Et un médecin qui pourra te soigner.

Mira ramena ses jambes dans la position du foetus. Elle se mit à chanter doucement. Aussi doucement qu'elle parlait, l'instant d'avant, pour ne pas réveiller son frère. Sa voix franchissait difficilement la barrière de la gorge. Trop de chagrin, trop de sanglots, trop de peur y étaient emprisonnés.

Si la jeune fille n'avait pas encore craqué, c'était à cause de Tomas. Quand le voilier avait coulé, ils étaient dehors tous les deux. Leurs parents étaient descendus à l'intérieur quelques minutes plus tôt, dans l'espoir d'établir un contact radio avec un cargo ou avec les garde-côtes de Tahiti.

L'antenne principale venait de s'effondrer avec le mât. Restait celle de secours, un fouet de six mètres de haut, installé sur le balcon arrière entre les deux lignes de pêche.

— Mayday! Mayday! Mayday!

Les jumeaux pouvaient entendre leur père hurler dans le microphone malgré le vent qui rugissait.

— Mayday!

La tempête avait surpris les voyageurs à mi-chemin entre Tahiti et les Tuamotu. Le barographe avait chuté brusquement au quatrième matin de leur longue traversée vers Hawaii. Mi-mai: ce n'était pourtant plus la saison des cyclones! Le père avait secoué l'instrument sans doute fautif.

— Faisons demi-tour! avait suggéré la mère.

Elle savait pourtant qu'il n'en était pas question. Tout l'équipage savait qu'essuyer un cyclone est plus dangereux au port qu'en mer. Il y avait deux ans déjà que l'*Amarante* naviguait et chaque passage avait été planifié avec soin. On avait tout prévu, étudié les cartes, la météo. Aucun cyclone n'avait jamais été enregistré dans la région à cette époque de l'année.

Le père avait de nouveau tapoté la vitre du barographe avec son ongle. Mira se rappelait son air, à ce moment-là, d'intellectuel absorbé dans un problème difficile. Ses traits amincis par l'exercice de la voile. Sa peau marquée de rides peu profondes. Son teint bruni au grand air.

Il avait promené ses mains fines et nerveuses dans ses cheveux trop longs et nouvellement grisonnants. Puis il avait cherché l'horaire de transmission des bulletins de météo marine. Rien avant une heure. Il s'était relevé, avait examiné une fois de plus le barographe qui avait encore dégringolé de quelques points.

À bord, personne ne parlait. La mère et les enfants étaient réunis autour du père, à la table de navigation où trônait ce petit dieu de verre, d'encre et de papier. L'aiguille du barographe avait un pouvoir immense, celui d'anéantir ou, au contraire, de relever le moral de l'équipage. Tous priaient secrètement pour que l'instrument soit tombé en panne. Ils savaient pourtant que ces choses-là ne se produisent que quand on ne les souhaite pas.

Les cartes météo avaient confirmé la présence d'un cyclone à plusieurs centaines de milles nautiques. Parfait dans son rôle de capitaine, le père avait tout de suite rassuré ses troupes: on avait souvent vu des cyclones changer subitement de direction ou perdre rapidement de l'intensité, avait-il plaidé.

Et puis il y avait peu de chances pour que la trajectoire de la tempête croise exactement celle du voilier. La zone d'influence pouvait être immense, certes, et on risquait d'avoir du vent très fort, mais bon, on en avait vu d'autres, n'est-ce pas?

Par mesure de sécurité — et uniquement pour cette raison, avait-il insisté — il avait tout de même révisé les procédures à suivre en cas de chavirement. Chacun s'était efforcé de conserver son sens de l'humour durant la leçon, mais le coeur n'y était pas. Personne n'était dupe de la fausse assurance du père face aux événements.

À tout moment, on jetait un oeil sur le barographe, on montait vérifier l'état de la mer et la vitesse du vent. Puis on rejoignait les autres et on essayait d'entretenir la conversation.

Dehors, rien n'avait changé et c'était le plus inquiétant. Ce calme lourd qui régnait sur l'océan. L'air avait la pesanteur du plomb et l'eau, autour du bateau, sa couleur trouble, sans transparence. Le soleil avait disparu derrière d'épais nuages noirs. Aucun rayon ne pénétrait la surface des flots pour en suggérer la profondeur. On avançait dans du béton liquide. On progressait d'ailleurs très peu. La brise, trop légère, ne suffisait pas à maintenir les voiles pleines et le gréement grinçait de manière sinistre.

— Rentrons la grand-voile. Les cordages se fatiguent inutilement.

Le père achevait à peine sa phrase que le vent avait repris. À partir de ce moment, il n'avait plus cessé d'augmenter. Au début, c'était grisant. Le voilier fonçait avec aisance et rapidité dans une mer presque plate. Des conditions de grand lac, et les enfants avaient momentanément oublié ce qui leur pendait au bout du nez.

Pieds nus, les cheveux au vent, Tomas tenait la barre et hurlait «Hue dia! Hue!» à la manière d'un cavalier qui excite sa monture. Mira riait. Son frère lui rappelait *Ben Hur*, que la télé diffusait tous les ans à Pâques, et qu'ils avaient écouté jusqu'à leur départ en bateau, précisément pour les courses de chars.

La rigolade, toutefois, n'avait pas duré longtemps. En quelques heures, la mer était devenue énorme et on avait réduit la voilure à un petit triangle orange. Sur l'*Amarante*, c'était la première fois qu'on en venait à hisser cette voile de tempête et pourtant, on en avait traversé des coups de vent! Si on avait eu besoin d'un indice pour juger du mauvais temps, il était là.

Mais inutile. Tous les signes étaient réunis. Le barographe qui avait encore chuté. Les nuages noirs filamenteux qui déversaient des averses cinglantes. Les vagues qui se creusaient sans cesse, jusqu'à atteindre la hauteur d'édifices de plusieurs étages. Et le vent! Le vent!

À bord, la vie était devenue infernale. On se serait cru dans une machine à laver. Impossible de faire deux pas sans se faire projeter contre une cloison ou un meuble. Il valait mieux rester dehors, c'était plus sûr. Plusieurs navigateurs s'étaient cassé des côtes dans des situations semblables!

On avait enfilé son ciré de peine et de misère, de misère surtout, parce que pour la peine, on n'avait pas le loisir d'y penser. Un début de peur s'était installé en chacun avec l'annonce du cyclone et maintenant, c'était la peur brute qui forait les entrailles.

On sentait en soi un grand trou. On se sentait vide. On n'était plus qu'une carcasse de chair et d'os, une calebasse séchée qu'un rien pourrait anéantir. On ne réfléchissait plus, on n'agissait plus, on subissait les coups d'un assaillant trop fort, contre lequel personne ne peut se défendre.

Ce qui s'était passé au cours des heures suivantes, Mira n'aurait pu le dire avec précision. Son souvenir se résumait à des séquences fondues au noir, les clips froids et cruels d'une chanson lente et violente. Du rap de ruelle océane. Le mât qui basculait et défonçait la coque du voilier. La voie d'eau. L'ordre de mettre le radeau de survie à la mer. Les parents qui retournaient à l'intérieur pour lancer un ultime appel de détresse. L'abandon du navire. Le bateau qui coulait à pic, avalé par son propre remous. La mère emportée par une vague au moment de monter dans la survie. Le père qui la cherchait en vain et qui ne revenait jamais.

Et puis Tomas.

Tomas qui faisait les gestes requis, avec le plus grand des calmes et la plus grande des haines. La haine de lui-même, Mira le savait. Elle connaissait son frère mieux que quiconque, mieux qu'elle-même sans doute. Elle savait comment les idées naissaient dans sa tête et quel parcours elles suivaient. C'était à cause de lui, pour lui, qu'on s'était mis en route vers l'Amérique plutôt que de poursuivre le voyage. Conséquemment, c'était sa faute si leurs parents avaient coulé, avec leur rêve de tour du monde. Voilà ce que Tomas pensait, Mira aurait pu le jurer.

Elle s'appuya sur un coude et regarda son frère, immobile dans l'obscurité. Le jour descendait. La toile orange de la survie ne laissait plus filtrer aucune lumière. Pour eux, c'était déjà la nuit. La quatrième ou la cinquième, Mira ne le savait plus. Elle secoua légèrement son jumeau:

— Ça fait combien de jours, Tomas?

Tomas ne répondit pas. Il n'avait d'ailleurs répondu à aucune question depuis le naufrage. Après s'être hissé dans la survie, il s'était allongé en se plaignant de douleurs à la tête et n'avait plus ouvert les yeux. Du Tomas tout craché, avait décidé Mira. En période de crise, son jumeau se réfugiait souvent dans le sommeil.

— Tu ne devrais pas dormir autant. Quand nous atterrirons, tu seras si faible que tu marcheras comme Bouldingue.

Bouldingue, c'était le surnom qu'ils avaient donné à leur voisin, un vieillard grincheux, toujours accompagné de son chien boxer, et qui se déplaçait à pas de tortue. Mira avait espéré que ce souvenir d'enfance ferait réagir son frère, mais Tomas ne cilla pas.

Alors elle s'étendit de nouveau et ferma les yeux. Elle dormirait dix minutes. Peut-être vingt, pas plus. Ensuite, elle reprendrait sa vigie et son dialogue avec Tomas. Il fallait bien que quelqu'un surveille les cargos. Il fallait bien que quelqu'un veille sur Tomas.

Pour la première fois depuis le naufrage, Mira s'endormit d'un sommeil long et profond. Elle n'entendit pas le cri de Teiki dans la nuit. Elle ne remarqua pas que le radeau de survie franchissait la barrière de corail et se faisait entraîner par la houle dans la passe de Tamatangi.

À son réveil, au petit matin, elle ne s'aperçut pas tout de suite que le mouvement de l'embarcation avait changé. Ou plutôt, que le radeau ne se balançait plus. Elle en prit conscience seulement quand elle se déplaça pour regarder dehors.

Sous le plancher de la survie, ce n'était plus la surface instable et liquide des derniers jours. C'était solide, quoique mou. Mira se jeta sur la toile qui fermait l'habitacle et l'ouvrit précipitamment. Dehors, il y avait du sable blanc, des arbres morts et un jeune homme muni d'un grand couteau.

— Tomas! hurla-t-elle. Nous sommes sauvés!

Chapitre 4
Il suffisait de les attendre

Si Teiki rêvait parfois d'un bateau qui lui porterait secours, c'était malgré lui. Il ne voulait surtout pas entretenir des espoirs inutiles, se raccrocher à un rêve qui le tuerait un peu plus chaque jour, faute de se réaliser. Mieux valait rester lucide: son atoll était situé loin du trajet suivi traditionnellement par les plaisanciers en route vers Tahiti depuis le Panama, le Mexique ou même les Marquises. Personne ne risquait de venir.

Quant à la goélette des îles, son prochain passage n'était pas prévu avant plusieurs mois. Et lorsque le capitaine constaterait que le quai avait été détruit, il poursuivrait son chemin sans s'arrêter. Voilà ce que Teiki se répétait pour se protéger. Mais en lui, une autre personne espérait, malgré tout, que l'océan qui l'avait emprisonné sur son île le libère en lui amenant un bateau. Ce n'aurait été que justice.

Lorsque, parcourant la plage ce matin-là, il aperçut le radeau de survie, le jeune Polynésien figea sur place, sa machette au bout du bras. Émerveillé tout d'abord par l'ampleur de sa chance, il mesura très vite le ridicule de la situation. Un minuscule bateau de caoutchouc! Où pourrait-il aller avec une embarcation semblable? Où pourrait-il aller, point final, avec n'importe quel bateau?

Il n'était jamais sorti de son atoll. Il ne connaissait personne, nulle part. Il ne savait même pas où étaient situées les autres îles du Pacifique.

Certes, il en avait une vague idée, puisque son père et les autres hommes du village, lorsqu'ils parlaient de Tahiti, pointaient le menton vers l'endroit d'où arrivait la goélette deux fois par an. Il y avait aussi des récits qui circulaient sur les Marquises, et le père qui avait fait le voyage jusqu'à Rangiroa, vers le nord. Mais tout cela était trop approximatif. C'est grand, la mer. On s'y perd facilement.

Ne valait-il pas mieux être perdu ici, où il connaissait chaque grain de sable, que là, au milieu de l'océan, avec les vagues immenses, dans ce tout petit bateau de caoutchouc?

Teiki n'imaginait pas que la survie puisse être occupée, et encore moins qu'il puisse représenter, lui, le salut de quelqu'un. Soudain, le garçon sursauta. On avait ouvert la porte de la tente surmontant le radeau. Une jeune fille. Elle ne semblait pas l'avoir vu. Elle appelait une personne à l'intérieur du radeau.

— Tomas! criait-elle. Nous sommes sauvés!

Teiki hésita un instant. Timide et discret, il n'aimait pas s'imposer aux autres. Cependant, dans les circonstances, il n'avait pas le choix. Il se dirigea vers l'embarcation et, comme la jeune fille ne semblait toujours pas se rendre compte de sa présence, il s'en approcha doucement. Jusqu'à ce qu'il aperçoive l'intérieur du radeau et que l'odeur que dégageait le corps étendu sur le plancher le saisisse au nez.

Le garçon fit un violent mouvement de recul. Une semaine après le passage du cyclone, les pierres du village étaient encore imprégnées de cette odeur de pourriture. Il eut un haut-le-coeur. Puis une colère mêlée de dégoût le poussa vers l'intérieur de l'embarcation. Il arracha la fille au cadavre, la repoussa sans s'occuper de ses hurlements et de ses insultes, souleva le corps, le porta sur le sable et entreprit de le traîner de l'autre côté de l'atoll. Un kilomètre de marche et il le jetterait dans l'océan, là où le vent l'emporterait vers le large.

Mira courait derrière lui, hystérique. Elle défendait son cadavre comme le font les hyènes. Elle avait le comportement d'un animal fou, affamé et malade. Elle refusait encore de croire à la mort de son frère. Elle n'avait plus que lui au monde et on voulait le lui enlever.

Elle s'attaqua à Teiki, le roua de coups dans le dos. Lui se retourna vivement et la vit dans toute sa détresse, les joues creuses, les cheveux sales et cotonneux, les yeux vitreux et le regard vide.

Il eut soudain pitié de cette pauvre fille égarée sur la mer. Pitié et peur à la fois. Comment la réveiller? Comment lui faire comprendre la vérité sans la tuer? Elle paraissait si fragile, dans son immense violence.

Teiki se ressaisit. Il était le plus ancien dans l'échelle des victimes du cyclone. Le moins blessé ou en tout cas, le plus guéri. Et puis, il avait l'avantage d'être chez lui et qui plus est, à terre. Elle avait vécu la tempête en mer, ça avait dû être terrifiant. À son âge, elle ne naviguait certainement pas seule. Elle avait sans doute perdu d'autres membres de sa famille en plus de ce garçon. De quoi devenir fou.

Il abandonna la fille et son mort, s'éloigna à grands pas vers sa hutte et en rapporta une demi-heure plus tard une brassée de palmes fraîchement coupées. La fille était toujours accroupie et berçait le cadavre dans ses bras en délirant. Il ne saisissait pas ce qu'elle disait, les mots se suivaient sans interruption, attachés les uns aux autres comme un chapelet de nacres sur une bouée. Il n'essaya pas de l'interrompre. Il s'assit à quelque distance, au vent, pour ne pas sentir l'odeur de putréfaction, et se mit à tresser une natte.

À force de se bercer, Mira s'endormit. Teiki s'en aperçut non pas parce qu'elle avait changé de posture — elle était toujours penchée, enlacée au mort — mais parce que son murmure s'était éteint. Elle s'était écroulée en plein combat, petit soldat anonyme, victime de sa propre guerre.

Le garçon acheva son travail, se releva et s'approcha sans bruit des naufragés. Il prit la fille dans ses bras et la déplaça de quelques mètres. Elle ne pesait pas lourd. Il sentait ses os à travers les vêtements. Il l'étendit sur le côté et utilisa les dernières palmes pour la protéger du soleil.

Il s'occupa ensuite du cadavre, même si sa vue et son odeur lui répugnaient. Il y avait eu trop de morts dans sa vie. Si celui-ci n'avait pas été un inconnu, Teiki aurait été incapable de l'approcher.

Le ciré que portait le jeune étranger était imbibé d'eau salée. Teiki le lui retira et le déposa à l'écart. Plus tard, il le brûlerait. Quand il revint, il examina le garçon. Sa ressemblance avec la jeune fille le frappa. Était-ce elle qui avait l'air masculin ou lui féminin? Difficile à déterminer. Leurs traits étaient si différents de ceux des Polynésiens! Avaient-ils l'aspect normal des Blancs?

Le Paumotu en avait rencontré très peu, et c'étaient tous des Français venus de la métropole enseigner dans les îles. Peut-être ceux-ci étaient-ils originaires d'un autre pays? D'un endroit où les garçons et les filles avaient sensiblement la même apparence? En tout cas, ils parlaient français. Teiki avait clairement entendu la fille crier: «Tomas! Nous sommes sauvés!»

«Tomas». Teiki comprit tout à coup que ce mort n'était pas un parfait étranger. Il connaissait son prénom. Il découvrait ses cheveux blonds attachés en queue de cheval, ses cils noirs et longs, ses épaules larges et sa taille mince, le poil blond sur les jambes, les pieds fins et le tatouage à la cheville gauche.

Sous son ciré, Tomas ne portait qu'un short. Des taches sombres de décomposition étaient visibles sur tous ses membres, sur son torse et dans une moindre mesure sur son visage qui demeurait beau et lisse. Un visage qui ne vieillirait jamais, qui conserverait éternellement sa jeunesse dans la mémoire de ceux qui l'avaient aimé.

Bouleversé, Teiki détourna les yeux et s'activa. Il devait vite envoyer ce mort avec les autres, l'empêcher de sortir du rang et de revendiquer le droit d'être regretté.

Il retint sa respiration et tira le cadavre sur la natte dans laquelle il l'enroula. Ensuite, il partit à la recherche de fleurs. Il y en avait très peu dans l'atoll, mais le garçon savait où elles poussaient. Il ramassa en outre des coquillages, des noix de coco et des palmes supplémentaires. Il fit trois ou quatre aller-retour, s'assurant chaque fois que la jeune fille dormait toujours et qu'elle était protégée du soleil. En quelques heures, il construisit pour Tomas une petite hutte ainsi que l'auraient fait ses ancêtres pour un visiteur.

L'invité de Teiki reposait à l'ombre, dans une case fraîche et joliment décorée.

Il n'aurait séjourné que quelques heures à Tamatangi, mais il y aurait reçu le meilleur des accueils avant de poursuivre sa route.

Le Polynésien était satisfait de son oeuvre. Et maintenant, il devait la détruire. Avant que la jeune fille se réveille. Ou fallait-il attendre, et lui permettre de reprendre ses esprits puis de faire son deuil? Tout cela était horriblement compliqué. Si Teiki n'avait pas eu pitié d'elle, il l'aurait détestée d'avoir échoué chez lui avec ce problème-là. N'avait-il pas reçu son lot d'épreuves? Pourquoi le ciel s'acharnait-il ainsi contre lui?

Découragé, il laissa toutes ces questions en suspens pour s'occuper de l'embarcation. C'était davantage dans ses cordes.

Il la tira hors de l'eau et y jeta un coup d'oeil. Il n'aurait pas osé y grimper; on n'entre pas chez les gens en leur absence. Il se contenta d'ombrager la minuscule maison flottante qui avait atterri sur son atoll et qui avait changé le cours de sa journée, peut-être même de sa vie. Car il fallait bien l'admettre: ils étaient désormais deux sur le petit point blanc de la carte, au milieu de l'océan. Ils étaient deux et c'était lui le plus ancien. Le plus vieux.

Le garçon sourit involontairement. Vieux... À l'âge de quatre ans, on l'avait affublé de ce surnom insensé parce qu'un deuxième Teiki était né à Tamatangi. Cette même année, il avait rencontré le capitaine pour la première fois. Quand ce dernier lui avait demandé son nom, il avait répondu sans hésitation:

— Vieux.

Le capitaine avait tellement ri que jamais, par la suite, il n'avait oublié ce gamin, malgré l'abondance des enfants qui envahissaient le quai à chacun de ses passages. Pour lui, ce petit garçon serait toujours Vieux, quel que soit son âge. Un alter ego, en quelque sorte, pour lequel il s'était instantanément pris d'affection.

Les réflexions avaient ramené le capitaine dans l'esprit de Teiki et voilà que pendant un instant, ils avaient été non pas deux, sur l'atoll, mais trois. Sans compter les morts.

Teiki s'assit sur le sable, face au lagon. Le capitaine pouvait aussi être mort et lui ne le saurait jamais. Il continuerait de penser à lui comme à quelqu'un qu'on attend, et qui viendra ou non, cela n'a pas d'importance, puisque l'attente à elle seule est remplie d'espoir. On peut attendre éternellement sans jamais savoir que l'on a attendu pour rien, puisque le jour où l'on cesse d'attendre, c'est qu'on est mort. On ne souffre plus.

Teiki avait découvert sa défense contre le vide. Il pouvait repeupler son atoll et cesser de combattre ses souvenirs. Hereiti était partie étudier la bijouterie à Tahiti, elle en avait tellement rêvé! Son père était allé acheter des nacres à Rangiroa et cette fois, il avait emmené sa femme et ses autres enfants pour leur faire plaisir. Ses oncles, ses tantes, ses amis, tous étaient en voyage quelque part. Ils reviendraient un jour, il ignorait quand. Il suffisait de les attendre.

Le garçon se leva précipitamment. Il se hâta vers sa hutte, y prit le pot d'allumettes qu'il avait découvert la veille sous un tas de pierres et revint au pas de course. Il enflamma le bûcher et, à l'aide d'autres palmes coupées à la hâte, il chassa le vent pour ne pas incommoder la jeune fille.

Elle ne se réveilla pas. Elle dormit tout le jour et encore la nuit suivante. Teiki la veilla, prêt à intervenir si elle ouvrait les yeux. Elle ne bougea pas avant six heures du matin, le lendemain, lorsqu'un bernard-l'ermite grimpa dans son cou. Le jeune Polynésien le remarqua trop tard. Elle clignait déjà des yeux quand il l'enleva. Mais elle se rendormit aussitôt et lui se réinstalla sur le sable avec le petit coquillage. Comme toujours, il commença à souffler dedans pour faire sortir le crustacé.

Immobile sur la plage, les yeux clos, Mira sentait la chaleur du soleil sur sa peau. Elle ignorait où elle se trouvait et pourtant, elle n'éprouvait aucune inquiétude. Un lézard. Lézard… elle s'agita un peu. Teiki la vit plisser le front. Elle se détendit toutefois rapidement et le garçon retourna à son bernard-l'ermite. Quelques minutes plus tard, elle entrouvrit les paupières et se mit à l'observer sans qu'il le note.

La jeune fille se réveillait progressivement et comprenait qu'elle était dans un endroit inconnu, avec un inconnu. Où se cachaient les autres? Tomas, sa mère, son père? Pourquoi n'était-elle pas avec eux, sur le bateau? Elle était trop fatiguée, elle ne parvenait pas à réfléchir. Elle se rendormit quelques minutes et se réveilla de nouveau avec le mot «lézard» en tête. Pourquoi ce mot-là? Loin, très loin dans sa mémoire, un bout de phrase commençait à se faire entendre : «Nous serons deux lézards.»

Soudain, l'étrangère ouvrit les yeux, s'assit et inspecta son environnement. Elle ne fit pas attention à Teiki. Elle semblait chercher quelque chose. Quand elle aperçut la survie, elle se leva d'un bond et y courut en appelant Tomas. Elle repoussa les palmes qui la recouvraient et se pencha vers l'intérieur. Personne. Elle revint en courant vers le Polynésien et là, à quelques pas de lui, elle s'arrêta net. Elle se souvenait.

Teiki devina ce qui se passait. Il se leva et s'approcha sans hâte, son petit bernard-l'ermite posé sur sa main tendue. Il prit la main de Mira, qu'il sentit fiévreuse, et y déposa le crustacé.

— Où est-il? balbutia l'étrangère.

— Parti, répondit le jeune Paumotu.

Mira ouvrit la bouche pour parler, mais elle ne dit rien. Son regard était vide. Il n'exprimait rien. Ni colère, ni surprise, ni tristesse. Si vide que Teiki se demanda si la jeune fille l'avait entendu. Pourtant, elle ne répéta pas sa question. Elle pencha la tête et observa le bernard-l'ermite qui s'aventurait sur son bras. Au bout de quelques instants, elle le posa sur le sable et retourna vers le radeau. Puis elle s'accroupit et entreprit de le vider.

Chapitre 5
Rêver ne le ferait pas mourir

Deux semaines après avoir échoué à Tamatangi, Mira y vivait encore en naufragée. Elle dormait dans son radeau de survie. Elle ne mangeait que les provisions qui y étaient entreposées, des aliments déshydratés, des fruits secs, des noix, tout ce dont l'embarcation avait été munie par ses fabricants et par le père de Mira.

Ce dernier ne s'était pas contenté de faire confiance aux spécialistes de la survie. Il avait enrichi l'inventaire du radeau en prévision d'un long séjour en mer pour quatre personnes. Mira pourrait tenir le siège longtemps, d'autant plus qu'elle mangeait très peu.

Teiki s'inquiétait d'ailleurs de sa santé. Il était habitué aux filles bien en chair de son peuple. La pâleur et la maigreur de sa voisine l'effrayaient chaque fois qu'il l'apercevait, mais il n'osait pas lui en parler. Ce n'était pas son affaire. Il lui offrait du poisson et de la noix de coco qu'elle refusait poliment. Il ne pouvait faire plus.

La présence de Mira ne changeait pas grand-chose à l'existence du jeune Polynésien. Tous les matins, il allait pêcher après avoir fait le ménage de sa cabane et pris son petit déjeuner de coco germé. Ensuite, il fouillait l'atoll à la recherche de débris. Il bricolait, il tressait, il se reposait. Il traquait aussi les nuages, dans l'espoir de les voir éclater et de recueillir quelques litres de pluie. L'eau douce, s'il n'en manquait pas à proprement parler grâce aux noix de coco, demeurait un luxe et sa recherche, un combat permanent.

Le garçon avait besoin de lutter pour se sentir vivant. C'était dans sa nature et dans ses gènes. Quand il avait assez d'eau, il s'inventait d'autres guerres. Il se postait à l'entrée de la passe, là où la mer était le moins profonde, et chassait le requin. Ou il essayait d'apprivoiser Mira. Bien plus difficile que chasser le requin.

Teiki ne savait presque rien de sa visiteuse. Elle ne parlait pas beaucoup et lui, par timidité et par discrétion, interrogeait peu. Il connaissait son prénom, c'était à peu près tout. Parce qu'il s'était présenté et qu'elle avait fait de même. Elle avait été moins réservée que par la suite, cette fois-là.

Elle avait expliqué que son prénom était d'origine espagnole, que «mira» était l'impératif du verbe regarder et que son jumeau s'appelait Tomas, du verbe prendre. Leurs parents avaient souhaité, en les baptisant ainsi, les doter d'un grand appétit pour la vie.

— Comme si les bonnes intentions suffisaient à détourner le cours du destin, avait ironisé Mira en soulevant les épaules. Regarde et Prends. Quels beaux prénoms...

Elle se parlait à elle-même plus qu'à lui, Teiki l'avait senti. D'ailleurs, elle avait paru embarrassée d'en avoir tant révélé. Elle s'était retournée et avait continué sa tâche sans plus s'occuper du garçon.

C'était la seule mention que Mira avait jamais faite de son jumeau, mais il n'en fallait pas davantage pour que Teiki comprenne la ressemblance entre les deux naufragés et la douleur de la survivante. On lui avait expliqué que les jumeaux étaient comme les doigts de la main. Il cherchait comment convaincre cette main-là qu'elle pouvait continuer de fonctionner avec un doigt en moins.

Mira, malheureusement, ne lui en donnait pas l'occasion. Elle se comportait en voyageuse sur le point de partir. Elle préparait sans cesse ses bagages.

Cela faisait sans doute partie de sa maladie. Chaque fois que Teiki visitait Mira, elle était en train de nettoyer son radeau. Elle étalait sur la plage tout ce que l'embarcation contenait de vivres, de boissons, d'outils, d'hameçons et de vêtements (le père n'avait négligé aucun détail), puis elle frottait le plancher et les parois de la survie. Ensuite, elle replaçait ses affaires et s'assoyait face à la mer. Elle attendait. Quelque chose ou quelqu'un.

Un matin, il la surprit en train d'écrire. Elle plia vite son papier et le rangea dans la poche d'une veste qui était suspendue à un cocotier nain. Teiki constata qu'il y avait beaucoup d'autres feuilles semblables dans la poche, qu'elles étaient pliées à la manière d'une enveloppe et que le nom de Tomas y était inscrit.

Mira attendait le facteur.

Plus les jours passaient et plus Teiki s'inquiétait pour la jeune étrangère. Ils échangeaient quelques mots ici et là, comme si de rien n'était. Cette normalité était justement anormale. Même s'il n'était jamais sorti de son atoll et avait peu d'expérience de la vie, le garçon était convaincu que sa visiteuse était folle. Et lui ne savait pas quoi faire avec les fous. Avec les crabes, les poissons, les bernard-l'ermite, les requins et autrefois les chiens, oui. Avec les fous, non.

Il avait eu tort de lui raconter que son frère était parti. Elle l'avait pris au pied de la lettre. Il aurait dû lui montrer le brasier, la faire assister à la crémation. Elle aurait souffert, puis elle aurait guéri. À présent, son mal se perpétuait sous une autre forme, beaucoup plus difficile à traiter. Que faire pour l'aider?

Le soir, Teiki y songea en huilant les chaussons de cuir. Il avait pris cette habitude. Après avoir mangé son poisson, il consacrait quelques minutes au soin des chaussures. Il avait ainsi l'impression de ne pas être seul. Il laissait aussi vagabonder dans son esprit le souvenir de Hereiti, de ses parents, de ses frères et des autres habitants de l'atoll.

Depuis qu'il avait choisi de les figer vivants dans sa mémoire, il s'accordait le privilège de penser à eux sans douleur et cela meublait son existence. Il n'était pas dupe de cette illusion, évidemment. Il avait simplement choisi son moyen de ne pas devenir fou. Avec lui, cela marchait. Pas avec Mira. Pourquoi? La nourriture, peut-être. Cette fille était mal nourrie, c'était évident. Elle ne mangeait que des conserves.

Quand il fréquentait l'école, il y avait une infirmière qui visitait parfois sa classe. Elle parcourait l'archipel pour parler de la santé, mais elle ne parlait que d'hygiène et d'alimentation. Selon elle, toute la santé était contenue dans ces deux mots-là. Si c'était vrai, alors Teiki avait raison parce que ce n'était pas d'hygiène que manquait la naufragée. Si elle lavait son radeau tous les jours, elle devait certainement se laver aussi. Non. Le problème, il en était certain, c'était la nourriture.

Il décida que dès le lendemain il ferait campagne auprès de Mira. Il lui offrirait du poisson cuit, elle l'apprécierait peut-être davantage que le cru. Les étrangers ont de drôles de goûts, avait-il appris. Il l'aiderait à soigner son corps en espérant que cela aiderait son esprit. Puis il rendrait son attente la plus douce possible. Il ne fallait surtout pas qu'elle fasse d'autres crises, comme le jour de son arrivée. Dans son état, elle risquait d'y passer.

Il rangea les chaussures en se disant qu'un jour le capitaine viendrait évaluer les dégâts du cyclone à Tamatangi. Il ne pourrait pas aborder parce que le quai avait été détruit, mais Teiki irait à sa rencontre avec Mira et la lui confierait pour qu'il l'emmène se faire soigner à Tahiti.

Le garçon avait rassemblé suffisamment de morceaux de pirogue pour en reconstituer une complète. Et s'il n'avait pas terminé, il se servirait du radeau de survie. Il y a toujours moyen de s'arranger, lui avait enseigné son père.

Maintenant que tout son monde était revenu dans sa vie avec leurs innombrables leçons, le garçon reprenait confiance en l'avenir. Il n'avait plus peur de rêver à l'impossible. Rêver ne le ferait pas mourir.

Le lendemain matin, il ramassa du bois et un peu avant midi, il se présenta chez Mira pour l'inviter à manger. Elle refusa d'abord puis elle accepta lorsqu'il lui expliqua qu'il avait préparé un feu. Elle n'avait rien avalé de chaud depuis si longtemps! Toutes les provisions du radeau se mangeaient évidemment froides. La survie était une embarcation de fortune, pas un yacht avec cabine-salle-de-bain-carré-cuisine. On n'y faisait pas à manger. On tentait de survivre en attendant de rencontrer un cargo ou la terre.

Mira raconta tout cela d'un seul souffle, comme pour se justifier d'accepter l'invitation de Teiki. Il aurait voulu la calmer, il la sentait si nerveuse. Mais il était trop timide pour l'interrompre. Il la laissa dérouler sa bobine jusqu'au bout et à la fin, il ne trouva rien à répondre, ce qui mit la jeune fille encore plus mal à l'aise. Elle faillit renoncer à suivre le Paumotu.

— Je t'en prie, insista-t-il. J'ai aussi fait cuire de l'*uru**. C'est très rare, ici.

La jeune fille sentit que faire cette invitation était aussi difficile pour le garçon que ce l'était, pour elle, de l'accepter. Alors elle opina de la tête et lui emboîta le pas.

Teiki vivait tout près de l'endroit où le radeau de survie avait échoué. Pourtant, Mira ne l'avait jamais visité. Pas une fois elle n'avait quitté son bout de plage pour explorer l'atoll. Elle n'avait pas non plus interrogé le garçon sur sa famille, sur la population locale, ni même sur le nom de l'endroit où elle

---

* L'uru, ou fruit à pain, pousse dans de grands arbres et peut atteindre la taille d'un ballon de volley. Il se prépare de la même manière que les pommes de terre: à l'eau, en friture, braisé, en casserole, en gratin, etc.

avait atterri. Elle se rendait compte de tout cela en marchant. Elle avait l'impression de sortir d'un très long sommeil. Elle avait honte.

Le garçon était venu presque tous les jours lui offrir du poisson, de l'eau de coco, de l'aide, et elle ne s'était jamais intéressée à lui. Tout ce qu'elle savait, hormis son prénom et son surnom, c'était qu'il avait dix-sept ans, le même âge qu'elle, qu'il parlait le paumotu, une langue semblable au tahitien, et qu'il avait appris le français à l'école.

Teiki avait préparé des sièges à l'ombre d'un cocotier incliné, celui-là même dans lequel il s'était réfugié pour échapper au cyclone.

Il avait gardé pour cet arbre-là beaucoup de respect et d'affection. Il en prenait grand soin. Sa base était toujours impeccable, les palmes séchées emportées au loin dès qu'elles tombaient, les noix de coco de même. Quand il avait du mal à dormir, c'est là qu'il se réfugiait.

Il partageait cette retraite avec quelques petites souris qui avaient miraculeusement échappé au raz-de-marée, et qui étaient revenues lorsque le sol avait séché. Il adorait les observer. Elles étaient si gaies et si actives!

Elles n'arrêtaient pas une minute de bouger. De transporter des morceaux de coco et de les ronger. De parler, même. Oui, il avait l'impression, parfois, d'assister à de grandes discussions dans une langue étrangère.

Mira s'assit sur un des deux troncs que Teiki avait installés et regarda le garçon cuisiner. Il disposa sur la braise une grille qu'il avait récupérée quelques jours plus tôt de l'autre côté de l'île, et y plaça deux poissons qu'il badigeonna d'abord d'huile de coco. Plus tard, il lui expliquerait comment il obtenait son huile, mais pour l'instant il se taisait et la jeune naufragée avait tout le loisir de l'observer.

Il était d'une beauté remarquable. Son corps respirait la force et le calme. Sous la peau brune et lisse, les muscles se dessinaient avec la précision des manuels d'anatomie. Les épaules étaient larges et le ventre plat, le dos droit, le cou parfaitement proportionné. Une vraie sculpture grecque, ce garçon, un David tropical. Les cheveux longs et noirs brillaient au soleil. Sans doute les traitait-il, selon la tradition, à l'huile de coco.

Teiki lui tournait le dos, aussi Mira ne pouvait-elle scruter son visage. Elle avait très peu vu ses yeux, puisqu'à chacune de leurs rencontres, ils avaient, tous les deux, davantage observé le sol que leur vis-à-vis. Elle avait cependant remarqué que le garçon avait les yeux en amande des Asiatiques, le nez droit, le front haut, les lèvres minces et les joues imberbes. Un beau spécimen du sexe opposé.

Mira se détendait. Elle se sentait tout à coup aussi légère que lorsqu'on retire sa combinaison étanche après une longue plongée. Elle accepta presque sans hésitation l'aliment que Teiki lui tendait, même si son aspect était bizarre. C'était un morceau d'*uru,* le fruit à pain, cuit dans la braise et complètement carbonisé. Le garçon lui expliquait à présent qu'on le préparait ainsi pour lui conserver toute sa saveur. La coquille servait de marmite en quelque sorte.

— De marmite à pression, dirent-ils tous les deux en choeur, ce qui les fit rire et, pour la première fois, ils se regardèrent vraiment.

La jeune étrangère ne semblait plus aussi blême qu'avant et sous son hâle pointait un peu de rose aux joues. Ses yeux étaient d'un bleu impressionnant. La couleur du lagon. Cette fille avait-elle des yeux caméléon?

— Pers, expliqua Mira un peu après, lorsqu'il s'enhardit à lui poser la question.

Teiki nota que son invitée avait coiffé ses cheveux. Elle lui raconta qu'elle avait dû en couper cinq ou six centimètres parce qu'elle était incapable de défaire tous les noeuds.

— Avec quoi? l'interrogea Teiki.

— Avec quoi, quoi?

— Tu les as coupés?

— Avec un rasoir. Il y a tout ce qu'il faut dans le radeau. Mon père avait même prévu se faire la barbe en cas de naufrage. Il prétendait que si on se soignait, on avait davantage de chances de s'en tirer. Drôle de théorie, n'est-ce pas?

— Ça me paraît une bonne idée, fit Teiki. Si tu te rases c'est que tu luttes et si tu luttes, tu as plus de chances de t'en sortir que si tu ne luttes pas.

— C'est à peu près ce que pensait mon père.

Mira n'en dit pas davantage et Teiki n'insista pas. Quand la jeune fille serait capable de parler du naufrage, de ses parents, de son frère, c'est qu'elle serait guérie. Cela ne se produirait pas d'un seul coup, au bout d'un seul poisson. Il devrait la nourrir encore, la ramener ici sous le cocotier magique.

Il se demandait en effet si cet arbre, qui l'avait sauvé de la noyade, ne pourrait pas aussi le faire pour Mira. En s'assoyant dessous, la jeune fille avait semblé se transformer. Elle mangeait son poisson et le fruit à pain avec appétit. C'était un début.

Après le repas, ils se sentaient lourds tous les deux. Ils glissèrent dans le sable et se servirent des troncs comme appuie-tête. Placés ainsi, ils ne voyaient plus la plage en fixant le lagon. Ils ne distinguaient que son eau transparente, dont la couleur changeait selon la profondeur et la nature du fond, sable ou corail. Comme s'ils étaient en bateau.

Grâce à l'ombre du cocotier et à la brise qui soufflait par-derrière, du côté de l'océan, ils n'avaient pas chaud. Ils s'y sentaient bien. Ils s'endormirent là, sans arrière-pensée, et quand ils se réveillèrent, l'un après l'autre, ils continuèrent à observer le lagon sans parler.

Ils avaient déjà commencé à être un peu amis.

Chapitre 6
Il y avait des gens qui dansaient

Le lendemain, vers midi, commença un coup de *maramu*. En moins d'une heure, le lagon se couvrit d'écume blanche et du côté océan, les vagues devinrent énormes. En franchissant la passe, elles formaient des rouleaux si dangereux que par un temps pareil, aucun pêcheur ne serait jamais sorti et la goélette ne serait jamais entrée.

Ce vent-là, c'était un véritable calvaire. Quand il soufflait, tout s'arrêtait pendant cinq ou six jours. Les enfants étaient intenables, les mères leur hurlaient après sans arrêt, et les grands-mères étaient malades d'anxiété. Elles murmuraient que le diable traversait l'archipel.

Teiki ne s'inquiéta pas, il savait à quoi s'en tenir. Il s'assura que tout était solidement arrimé autour de sa cabane, puis il fila rassurer Mira. Il craignait qu'elle n'identifie ce vent à un cyclone.

Il avait oublié que Mira avait beaucoup navigué et que le simple fait d'être à terre pendant un coup de vent en faisait, pour elle, de la petite bière. D'ailleurs, Teiki ne la trouva pas en train de prier ni en train d'ancrer son embarcation à un cocotier (cela était déjà fait), il la trouva étendue dans le lagon, ballottée par les flots et balayée par l'écume. Elle était entourée de milliers de petits morceaux de papier. À chaque mouvement de l'eau, il y en avait quelques-uns qui coulaient. Bientôt, ils auraient tous disparu.

Teiki entra dans l'eau et nagea jusqu'à la jeune fille. Quelques papiers se collèrent à lui lorsqu'il émergea près d'elle.

Mira ouvrit les yeux:

— Tiens, voilà le facteur.

Puis elle les referma.

Teiki en déduisit qu'une grande étape venait d'être franchie. Les lettres à Tomas avaient été emportées.

— C'est le *maramu,* dit-il.

— Je sais.

— Tu n'auras pas peur, dans ton radeau?

— Il est bien attaché.

— J'ai vu.

— Ça ira, merci d'être venu.

— N'hésite pas. Tu sais où j'habite.

— Tu ne vas pas faire de feu pendant le *maramu* et moi, je n'aime pas le poisson cru.

— Si j'avais du citron, je t'apprendrais à l'aimer. Il en vient parfois par la mer.

— Faudra attendre le prochain arrivage.

— Ou la fin du *maramu,* suggéra Teiki. On fêtera ça?

— Une fête? Sûr! Avec une jolie petite robe et des souliers.

— Pourquoi pas? On est les rois, ici. On fait ce qu'on veut.

— Je n'ai pas de robe et pas de souliers.

— La robe, on te la fabriquera. À la paumotu, avec des palmes de coco. Quant aux souliers, j'ai peut-être ce qu'il te faut. Montre ton pied.

Mira pointa son pied hors de l'eau et Teiki en conclut que les chaussons lui iraient parfaitement. Il s'abstint toutefois de le mentionner. Faire une surprise à la jeune fille l'amusait. Il ne voulait pas se priver de ce plaisir-là. Il y en avait si peu par les temps qui couraient.

— Désolé, mentit-il. Mauvaise pointure.

— Tant pis, fit Mira. J'irai pieds nus.

Teiki rentra chez lui et la jeune fille demeura là à faire la planche tandis que, dans l'eau du lagon, se dissolvait un paquet de lettres adressées à Tomas. Jour après jour, elle avait écrit à son frère comme s'il était vivant. Sa rencontre de la veille avec son hôte polynésien l'avait forcée à se secouer et à sortir de la nostalgie malsaine dans laquelle elle s'était engluée. Mira y avait réfléchi toute la nuit. Elle en avait conclu qu'elle avait entretenu ce mensonge par peur de la réalité et peut-être aussi pour occulter le fait qu'elle avait survécu à son jumeau.

Admettre tout cela exigeait un immense effort de lucidité. Il y avait par ailleurs des choses auxquelles elle ne pouvait pas encore réfléchir et craignait de ne jamais pouvoir le faire. Dès que l'image du cadavre l'effleurait, par exemple, elle s'enfuyait. Il y avait beaucoup de zones interdites dans son esprit, notamment ces jours où elle avait perdu l'esprit. Elle n'en aurait parlé pour rien au monde.

Mira flottait maintenant parallèlement à la vague. Elle nagea un peu pour changer d'angle et dans la manoeuvre, elle accrocha quelques bouts de lettres qui se collèrent à ses jambes.

Elle avait écrit ces lettres dans un cahier que son père avait rangé à bord du radeau de survie. Il avait tout prévu, réellement, sauf d'avoir à se servir du radeau. Il disait toujours: «C'est le coup du parapluie. Suffit de l'emporter pour qu'il fasse beau.»

Pauvre homme, songeait Mira. À la fois si rêveur et si volontaire. Tout le monde l'adorait. Ses élèves, ses collègues, sa femme et ses enfants. C'était la douceur et la détermination incarnées.

Le père de Mira enseignait la philosophie, sa mère était traductrice. La maison avait toujours été pleine de livres et de musique. Les jumeaux avaient grandi dans une atmosphère vaguement méditative dont la vie en mer avait été le prolongement naturel et quasi obligé.

Ces gens-là avaient toujours eu le courage de leurs idées. Le moyen, par contre, n'était venu que sur le tard, une fois les enfants engagés dans l'adolescence. Ils avaient failli y renoncer puis finalement, ils avaient jugé que ce qui était bon pour eux ne pouvait être mauvais pour leurs enfants. Si ces derniers n'étaient pas en mesure de s'en rendre compte sur le coup, ils l'apprécieraient plus tard.

Mira ne leur reprochait rien. Ils avaient fait ce qu'ils avaient à faire et l'avaient bien fait. Ils n'avaient pas eu de chance, voilà tout. D'autres avaient traversé le Pacifique d'ouest en est, contre le vent et le courant. Cette décision n'était pas à remettre en question, ni même celle d'avoir entrepris le passage en mai. Ce n'était pas la saison des cyclones. Ils avaient analysé attentivement la question de la météo avant de céder aux pressions de Tomas.

Le garçon devenait carrément impossible. Triste une journée, cynique le lendemain, taciturne le surlendemain, colérique ensuite. Il souhaitait être ailleurs la plupart du temps. Pas sur un bateau avec sa famille. Il y avait malgré tout des moments où il s'éclatait à la voile, à la pêche ou en plongée. Ces jours-là, les parents les payaient cher, car Tomas était doublement hargneux ensuite. Il ne voulait surtout pas donner l'illusion qu'il pouvait être heureux dans ce mode de vie.

Au départ, pourtant, Tomas était d'accord avec cette aventure qui tombait pile. Le garçon perdait intérêt dans son groupe de ballet et entrevoyait dans le voyage une nouvelle source de divertissement. Il avait sous-estimé la place qu'occupait la danse dans sa vie. Il en avait pris conscience quand il en avait été privé.

Son plus grand choc, Tomas l'avait reçu aux Marquises. L'équipage, qui s'y était arrêté pour les fêtes du Heiva, avait assisté à des spectacles de danse quotidiens pendant deux semaines.

Une révélation pour Tomas. Il avait compris pourquoi il s'était désintéressé du ballet et comment il concevait la danse. Il était subjugué par le fait qu'aux Marquises, tout le monde dansait. Les enfants, les adultes, les hommes, les femmes, les pêcheurs, les commerçants, les professeurs. Tout le monde.

Il n'y avait pas un métier de danseur. Il y avait des gens qui dansaient. Point. Toutes les occasions pour danser étaient bonnes et quand il n'y en avait pas, on en créait.

Le garçon s'était mis à rêver de parcourir les écoles du Québec pour initier les enfants à la danse. Or pour cela, il devait retourner à Montréal, trouver un maître dont il partagerait le point de vue, se former, acquérir de la crédibilité, et surtout, convaincre les milieux de l'éducation de la valeur de son projet. Tout un programme…

Presque du jour au lendemain, il était devenu d'une impatience insupportable. Seule Mira l'endurait tout en ayant perdu le contact avec lui, pour la première fois de son existence. De leur existence. Ce n'était pas la première fois, par contre, que Tomas se

révélait difficile. Il avait toujours eu une nature passionnée et intransigeante.

Mira en avait voulu à la vie, parfois, de la
mauvaise répartition des talents dans leur
couple. Tomas avait reçu toutes les qualités
artistiques et elle, aucune. L'envie de faire du
ballet, c'était elle qui l'avait eue en premier.
Et comme l'un ne sortait jamais sans l'autre,
ils s'étaient présentés ensemble à l'audition.

Mira se le rappelait comme si c'était hier.
Elle revoyait la grande salle à l'étage, le plancher de bois verni, les dix fenêtres juxtapo-
sées, du côté de la rue, les miroirs sur le mur
opposé. Elle entendait les dernières notes du
piano, les pas des enfants qui couraient vers
leur mère ou leur gardienne, après le cours.
Des mains qui claquaient l'une dans l'autre
et une voix féminine qui appelait les nou-
veaux.

Elle entendait son coeur battre trop fort.
Elle avait peur, elle donnait la main à Tomas.
Elle ne voulait pas s'en séparer. Tomas la suivait dans la salle. Il n'avait pas peur, lui. Il
n'avait rien à perdre; il n'avait pas rêvé de
danser. Il se tenait à côté d'elle et le professeur ne le chassait pas. Ils étaient si mignons,
ces deux petits-là. Elle aurait tant voulu d'un
garçon dans sa troupe, il y en avait si peu!

Tout naturellement, Tomas avait copié les mouvements du professeur de danse. C'était un jeu, pour lui. C'était facile. Il pouvait rester perché sur un pied sans broncher pendant plusieurs minutes. Il était solide et confiant, déjà très musclé pour son jeune âge. Gracieux, il n'avait pas peur de paraître ridicule. Il avait partagé depuis sa naissance l'univers féminin de sa jumelle autant qu'elle avait partagé le sien. Les parents n'avaient entaché leur éducation d'aucune ségrégation. Les mouvements élégants — allonger le bras, pointer la main ou le pied — ne lui donnaient aucun complexe. Il avait cinq ans et il était parfaitement à l'aise dans sa peau. Il n'avait aucun préjugé et n'en aurait jamais.

Dès la première année, Tomas avait décroché un rôle dans *Casse-Noisette*. Mira n'avait pas été sélectionnée. Elle avait pourtant assisté au spectacle sans verser une larme. Son père avait fait auprès d'elle un excellent travail de philosophie. Et de psychologie.

Il l'avait persuadée que le rôle du spectateur était aussi important que celui de l'acteur. Qu'avec son regard extérieur et critique, elle pouvait faire énormément pour la danse. Elle pouvait conseiller Tomas. Il avait un don inné pour le mouvement, on n'y pouvait rien. Mais un talent mal utilisé est un talent gaspillé. Quelle perte ce serait pour l'art de la danse si Tomas ne donnait pas tout ce qu'il avait à donner. Et quelle acquisition ce serait au contraire si, grâce à sa soeur, il poussait ses limites à l'extrême!

Mira sourit au souvenir de cette leçon et de son frère qui avait tant de fois abusé de sa patience, sous prétexte qu'on ne contrarie pas un grand artiste. Il y avait entre eux une complicité qu'elle ne connaîtrait avec personne d'autre, elle en était certaine. Dorénavant, elle serait toujours seule, au fond.

Une bouffée de désespoir envahit la jeune fille à cette perspective. Elle eut envie de couler là, dans le lagon, avec ses petits bouts de papier. Puis elle pensa à Teiki qui était reparti tout joyeux à l'idée de fêter la fin du *maramu,* et qui lui ferait une robe avec des palmes de coco. Il était si gentil. Si plein de bonne volonté. Avait-elle le droit de le décevoir?

Le *maramu* soufflait de plus en plus fort et le mouvement de l'eau devenait franchement inconfortable. Mira résista encore une heure ou deux, par défi envers elle-même, puis elle se décida à regagner sa tanière. Elle s'y enfermerait avec ses regrets, espérant que le *maramu* les lui arrache et la soulage de ce poids. Elle avait besoin de légèreté pour prendre son envol.

Chapitre 7
Une image de paradis terrestre

Le silence, enfin. Six jours de vent et puis ce matin, plus rien. Mira sortit de son radeau et s'étira devant la mer. Ses yeux clignèrent tant le soleil était éblouissant. Le sable lui parut plus blanc, le ciel plus bleu, l'eau plus turquoise et plus claire que jamais. Une image de paradis terrestre.

Elle marcha jusqu'au lagon. Ses pieds s'enfonçaient légèrement dans le sable fin et chaud de la plage. C'était si doux! Elle aurait voulu s'y rouler tout entière. Sentir cette douceur sur ses jambes et dans son dos.

Et qu'est-ce qui l'en empêchait?

Elle se laissa tomber sur place. En assassinée, comme dans les films, sans tendre les bras pour se protéger.

— Beau coup, se félicita-t-elle.

— Pas grand mérite, railla Tomas. S'écrouler sur le sable! Quand tu seras capable d'en faire autant sur le dur, on en reparlera…

— Jaloux!

— Pfft! fit-il en soulevant les épaules.

Et il disparut.

— Bon débarras, dit Mira. Tu reviendras quand tu seras de meilleure humeur.

L'adolescente se roula dans le sable jusqu'à l'eau, s'y trempa et fit le chemin contraire, toujours en se roulant. Résultat: elle avait l'air d'un *churro*.

— Débile, hein, Tomas?

Ce fut le moment que Teiki choisit pour apparaître. Diable! Elle parlait avec les morts, à présent! Il s'était trompé: la situation était loin de s'améliorer! Le garçon faillit rebrousser chemin. Mira l'aperçut à l'instant où il se retournait, hésitant. Elle l'appela:

— Ne pars pas! Je faisais de la pâtisserie. As-tu déjà entendu parler des *churros*? C'est délicieux.

La jeune étrangère se secoua et alla à la rencontre du Polynésien. Elle le fit asseoir avec lui dans le sable. Elle lui parla de ces petites pâtisseries en forme de bâtons, recouvertes de sucre dont elle s'était gavée au Mexique. Mais le garçon ne connaissait ni les *churros* ni le Mexique.

Mira traça dans le sable une carte des Amériques. Elle lui indiqua le Québec, dont elle était originaire, traça une ligne jusque vers le Panama, traversa le canal, fit cap vers les Galàpagos et ensuite vers Tahiti, puis revint vers les Tuamotu.

— Et mon île? demanda le garçon.

— Aucune idée, répondit Mira. Tu ne le sais pas, toi?

Teiki réfléchit. Sur la carte du capitaine, il n'y avait pas d'autre terre à part Tamatangi. Il se leva, s'éloigna de plusieurs pas et enfonça son doigt dans le sable.

— Là, décréta-t-il.

Mira blêmit. Si loin de l'archipel et des routes de navigation! Comment pourrait-on jamais la retrouver?

— Tu en es certain?

— Ep, affirma-t-il, fier de lui.

— Mais nous sommes tout seuls dans l'univers!

— Presque, déclara-t-il gravement.

Et il répéta, sans toutefois préciser ses sources, ce que le capitaine lui avait dit quand il lui avait montré la carte:

— Mon île, c'est comme si elle s'était enfuie en courant. Va savoir de quoi elle a eu peur…

La jeune fille le dévisagea, bouche bée. Il était tellement mignon! Elle se rendit compte qu'elle était tranquille, assise à côté de lui, dans le sable. C'était calme et simple. Cela lui faisait du bien. Dans sa tête à elle, c'était trop compliqué. Elle était fatiguée. Elle avait besoin de se reposer. De se distraire.

— Qu'est-ce que tu as fait ces derniers jours? demanda-t-elle.

— J'ai travaillé, fit-il vaguement. J'ai pêché. Hier soir, la mer avait commencé à se calmer, alors je suis allé sur la barrière de corail. J'ai attrapé des langoustes.

— Des langoustes! s'exclama-t-elle, gourmande.

— Pour célébrer la fin du *maramu*. Je t'invite.

— Quand?

— À midi. Il ne faut pas trop tarder à les cuire.

— Je préférerais ce soir. Aujourd'hui j'ai du travail, dit-elle en désignant l'embarcation pleine d'eau, prête à être lavée. On pourrait manger devant le coucher de soleil: c'est un si beau spectacle, ici!

Le garçon était ravi de cette proposition. Rien ne pouvait lui faire davantage plaisir que de passer l'heure la plus creuse de la journée avec quelqu'un. Quelqu'un de réel, précisa-t-il dans son esprit tout en retournant chez lui. Dernièrement, il avait eu beaucoup de dialogues avec les absents. Une invitée en chair et en os (surtout en os, se moqua-t-il) créerait une joyeuse diversion.

Il repensa à Mira. Il s'était peut-être trompé à son sujet? Était-elle vraiment folle? Sans doute qu'elle faisait la même chose que lui, mais à voix haute. Pour ne pas devenir folle, justement. L'envie lui prit de retourner la voir. Il revint sur ses pas en sautant de point d'ombre en point d'ombre. Jeu de marelle. Pas moins fou que de se transformer en *churro*, décida-t-il. Pas plus fou non plus. On la remplit comme on peut, sa vie de rescapé. Ils étaient au même point, finalement. Deux naufragés.

Teiki fit craquer quelques palmes pour annoncer sa présence. Chaque fois, il avait peur de faire sursauter Mira, alors il faisait un peu de bruit. La jeune fille avait vite pris conscience de ce manège dont elle appréciait la délicatesse. Cette fois-ci, cependant, elle n'entendit pas Teiki. D'abord parce qu'elle ne l'attendait pas — il n'avait pas l'habitude de la visiter plus d'une fois par jour — et parce qu'elle faisait elle-même trop de bruit.

Elle avait versé du shampooing dans l'eau du radeau (du shampooing qui mousse à l'eau salée: son père avait pensé à ça aussi!) et s'était installée dans son bain, des bulles jusqu'au cou.

À présent, elle y faisait avancer un petit bateau qu'elle avait fabriqué avec un morceau de bois ramassé sur la plage. Ce devait être une vedette de course. Avec sa bouche, Mira faisait «Brrrrrrrr» et ses lèvres frémissaient à la manière du papier fin, battu au vent.

Le garçon l'aurait surprise nue qu'il n'aurait pas été plus embarrassé. Il s'apprêtait à repartir en douce quand Mira l'aperçut.

— Teiki! bafouilla-t-elle, deux fois plus gênée que lui. Quelle surprise! Comme tu peux le constater, je ne t'attendais pas...

Elle rit d'un petit rire malhabile.

— Désolé de te déranger, s'excusa-t-il. J'avais oublié quelque chose.

— Tu ne me déranges pas du tout. Je jouais.

Et parce que ces mots pouvaient sembler déplacés dans la bouche d'une fille de dix-sept ans, elle ajouta:

— Tu ne joues jamais, toi?

Teiki lui fit le plus beau et le plus grand sourire qu'elle ait jamais vu sur le visage d'un garçon et répondit:

— Souvent. Je parle tout seul, aussi. Pas toi?

— Si, enfin… je parle avec… (elle hésita)… je parle avec mon frère, mais c'est pareil. On était si près l'un de l'autre, lui et moi. On formait presque une seule personne.

— Dans ce cas, je peux dire que je ne parle pas tout seul. Je parle avec ma famille, avec mes amis, et surtout avec Hereiti. Ma soeur, précisa-t-il.

Mira considéra ce grand garçon si tendre dont les yeux verts et lumineux s'étaient assombris soudain à ce souvenir. C'était la première fois qu'il la mentionnait quand, de toute évidence, il avait pour Hereiti une immense tendresse. Elle regretta d'avoir été si repliée sur elle-même. Si un bateau arrivait, tout de suite, elle partirait sans presque avoir connu Teiki. Quelle honte, lui qui avait été si attentif, alors qu'il était sans doute aussi désespéré qu'elle. Elle aurait voulu tout recommencer et en être au point où l'on prend un ami dans ses bras pour le consoler.

— Si tu veux, proposa-t-elle en se hissant hors du bain, je pourrais t'aider à faire le feu. Je n'en ai pas pour toute la journée avec mon ménage.

Teiki l'examina des pieds à la tête. Elle était vêtue d'un short et d'un tee-shirt auxquels la mousse adhérait, donnant à sa silhouette un volume inattendu.

— Le bonhomme Michelin, fit-elle en déployant les bras et gonflant les joues.

— C'est une autre sorte de pâtisserie? demanda le garçon, candide.

Mira éclata de rire, d'un rire frais qui rappela à Teiki celui de Hereiti.

— Si on te forçait à manger ça, camarade, tu aurais sûrement mal aux mâchoires. Michelin, c'est une marque de pneus! Gros bêta!

Teiki rougit de son ignorance. Mira connaissait tellement de choses, et lui si peu!

— Elles n'ont aucune importance. Toi, tu sais comment survivre dans le désert. Pas moi!

Le désert: Teiki sourit. Il y avait des images du désert dans un livre de monsieur B. C'est vrai que la mer y ressemblait un peu, avec des vagues dorées au coucher du soleil. Il aurait bien aimé aller tout au milieu du désert un jour, mais ça n'arriverait jamais.

— Et pourquoi pas?

— Je suis un cocotier, moi. Je ne pousse pas dans le désert. J'ai besoin d'eau salée.

— Il n'y a peut-être pas de cocotiers dans le désert, mais il y a d'autres sortes de palmiers. Des dattiers. Tu n'as jamais entendu parler des oasis? Ce sont les atolls du désert.

— Ah bon! Je vis dans une oasis?

— Parfaitement.

— Dans ce cas, fit-il en prenant un air dubitatif, où sont les chameaux?

Puis il se mit à galoper à quatre pattes, en direction de sa cabane.

Mira éclata de rire devant ces contorsions de demeuré qui lui révélaient un autre aspect de la personnalité de son hôte polynésien. De plus en plus sympathique…

— Hé! cria-t-elle avant qu'il ne puisse plus l'entendre. Qu'est-ce que tu avais oublié, au juste?

— Euh… blatéra-t-il. J'ai oublié.

Chapitre 8
Et si quelqu'un venait un jour?

— On croirait la planète du Petit Prince, s'exclama Mira après avoir fait le tour de l'atoll avec Teiki à la recherche de bois. C'est tellement petit. Je parie que si on le voulait, on pourrait voir le soleil se lever et se coucher plusieurs fois par jour. Chez le Petit Prince, il suffit de tirer sa chaise de quelques pas pour assister à un nouveau crépuscule. Ici, il faut peut-être se déplacer de trois ou quatre mètres, as-tu déjà essayé?

— Pourquoi est-ce que je voudrais faire ça? demanda le garçon sans cesser de travailler.

Il disposait le bois en pyramide.

— C'est triste, le coucher du soleil. Un par jour me suffit.

— Triste?

— Le pire moment de la journée. C'est là que tu comprends à quel point tu es isolé. Quand tout s'arrête.

Il releva la tête et la fixa en souriant:

— Mais bon. Aujourd'hui tu es là et le coucher de soleil est beau.

Puis il se remit à la tâche.

— Je peux t'aider? proposa Mira.

— Si tu veux. Il faudrait remplir la marmite d'eau salée.

— Où sont les langoustes?

— À l'ombre. Dans une baignoire d'enfant que j'ai découverte au village. Je sais à qui elle appartenait.

— Ça ne te brise pas le coeur d'y penser?

— Si j'y pensais, ça me briserait le coeur.

— Tu n'y penses pas?

— Avant, oui. Plus maintenant.

— Avant quoi?

— Avant toi.

Mira le dévisagea, étonnée et émue.

— Je n'avais à m'occuper que de moi, poursuivit-il. Ce n'était pas très important. À présent, j'ai une invitée. J'ai besoin de toute ma personne pour en prendre soin, mon coeur autant que le reste sinon davantage. Je ne peux pas me permettre de le laisser se briser.

Il gratta une allumette et mit le feu aux brindilles qu'il avait disposées à la base de son tas de bois.

— La marmite est là-bas, dit-il en désignant la partie droite de sa cabane.

Mira n'était pas encore allée dans la maison de Teiki. Elle fut surprise de la façon dont il l'invitait à entrer chez lui. Sans lui. Puis elle se souvint d'une famille qu'elle avait beaucoup fréquentée aux Marquises. Pour ces gens-là, le comble de l'accueil était qu'elle se serve elle-même à manger, directement dans les casseroles. C'était leur façon de lui exprimer qu'elle était chez elle.

Mira chercha la marmite à l'endroit que Teiki lui avait indiqué, dans l'annexe servant de cuisine. Elle n'y était pas. La jeune fille risqua un oeil de l'autre côté et constata qu'il s'agissait d'une grande chambre meublée principalement d'une paillasse et encombrée d'objets divers que Teiki avait récupérés un peu partout.

Elle scruta la pièce à la recherche de la marmite. Il y en avait plusieurs. Elle opta sans hésiter pour la plus grande, celle qui conviendrait le mieux à la cuisson des langoustes, et, par réflexe, elle l'ouvrit. La marmite contenait un paquet de cordes. Mira se rendit compte, en les déposant sur la table, que ce n'étaient pas des cordes. Ou si c'en étaient, elles étaient toutes liées les unes aux autres.

Poussée par la curiosité, Mira secoua le paquet et, ô merveille, découvrit que c'était un *more*, une de ces jupes de feuillage battu que portent les danseuses et danseurs polynésiens. Elle abandonna la marmite et courut montrer sa découverte à Teiki.

Le garçon l'accueillit avec un sourire radieux aux lèvres, les yeux pétillants d'excitation. Il était content. Sa mise en scène avait parfaitement réussi.

— Regarde, Teiki! Un *more*!

— Il te plaît?

— Tu savais qu'il était là? s'étonna-t-elle.

— C'est moi qui l'y ai mis. Je t'avais promis une robe de fête, en voilà une. Enfin, pas tout à fait une robe... Il te plaît? répéta-t-il, anxieux de connaître son avis.

— Il est magnifique! Tu l'as fabriqué toi-même?

— Évidemment! Tu ne veux pas l'essayer?

Mira s'entoura la taille du *more* et le noua derrière.

— Tadam! fit-elle en esquissant un pas de danse.

— Il ne manque plus que des chaussures, déplora Teiki.

— Bof! répondit joyeusement Mira. On ne peut pas tout avoir, dans la vie. Une belle jupe et des chaussures…

— Mais oui on le peut, décréta le jeune Polynésien en abandonnant son brasier.

Il venait de décider, une fois pour toutes, qu'il ferait cadeau des chaussons à Mira. Depuis que lui était venue cette idée, il avait tourné et retourné la question dans sa tête. Pouvait-il offrir quelque chose qui ne lui appartenait pas? Et si quelqu'un réclamait un jour les chaussons? Quand pouvait-on se considérer propriétaire d'un objet trouvé?

La jeune fille regarda, intriguée, le garçon se hâter vers la cabane. Il rappliqua quelques instants plus tard avec, dans les mains, un petit colis emballé dans du chiffon. Il le lui tendit, solennel et nerveux. Ce présent avait de toute évidence beaucoup de valeur pour lui. Elle était gênée de l'accepter et cependant, elle ne pouvait faire autrement.

Quand les chaussures atterrirent dans ses mains, Mira sentit ses jambes faiblir. Avant même d'avoir défait la chemise qui les entourait, elle savait de quoi il s'agissait. Son instinct le lui criait. Elle s'efforça de garder son calme et de se convaincre qu'elle se trompait. Inutile.

Elle déroula lentement le tissu sous les yeux de Teiki qui guettait sa réaction, mais c'était encore trop rapide. Les chaussons de danse de Tomas étaient déjà dans ses mains tremblantes. Elle touchait de nouveau son frère jumeau et cette fois, elle le percevait tel qu'il était, tel qu'elle avait refusé de le voir dans le radeau de survie après le naufrage. Mort.

Teiki ne comprenait pas. Mira s'était effondrée dans le sable. Elle serrait les chaussures sur sa poitrine et elle pleurait. De grosses larmes silencieuses coulaient sur ses joues. Il s'accroupit à côté de la jeune fille et la prit dans ses bras.

— Les chaussons de danse de mon frère, réussit-elle à expliquer entre deux sanglots.

— Je ne savais pas, bredouilla-t-il.

Mira se racla la gorge et s'efforça de le rassurer.

— Ce n'est pas ta faute. Je ne t'avais pas dit que mon frère dansait.

— Même si je l'avais su, ça n'aurait rien changé. Je n'ai jamais vu de chaussures semblables avant. Je ne savais pas à quoi elles servaient.

— Où les as-tu trouvées?

— Sur la barrière de corail, dans une pochette. Je les ai lavées, séchées et huilées. Je les ai polies tous les jours, au cas où quelqu'un viendrait les chercher. C'est toi qui es venue et j'ai voulu t'en faire cadeau. Je suis désolé.

— C'est un beau cadeau, Teiki. Ne sois pas désolé.

Mira se tut quelques instants, puis elle se mit à raconter.

Ce soir-là, il y eut plusieurs couchers et plusieurs levers de soleil sur Tamatangi. Autant que sur la planète du Petit Prince, autant que Mira et Teiki avaient de souvenirs à partager.

Une nuit interminable. Au petit matin, ils s'endormirent côte à côte, devant le feu éteint. Quand ils se réveillèrent, le soleil était déjà haut. Trop haut pour la pêche. De toute façon, ils n'avaient pas faim. Ils avaient soif et besoin de se rafraîchir.

Teiki ouvrit quelques noix de coco dont ils burent l'eau sucrée. Ensuite, ils se baignèrent dans le lagon. La mer était chaude. Ils flottèrent longtemps, aussi légers et souples que des algues.

De temps en temps, le courant les portait l'un vers l'autre. Ils n'essayaient pas de résister. Ils laissaient la marée les réunir et les séparer à sa guise. Désormais, ils étaient plus que deux amis. Ils étaient les uniques survivants de l'univers. Le big-bang avait eu lieu la veille au soir, une énorme explosion d'où avait surgi leur planète.

Ils se retrouvaient au même point que Dieu au début des temps. Ils avaient un monde à créer, à leur image et à leur ressemblance.

Chapitre 9
L'envie leur prenait
de posséder ces bijoux

Ils avaient oublié l'horreur et s'étaient inventé une vie nouvelle dans laquelle Teiki tenait le rôle du magicien. Jour après jour, le Polynésien faisait surgir du néant quelque bout de plage, quelque espèce animale, un arbre rare ou une plante insolite. C'était sa façon de faire découvrir à Mira ce qu'ils avaient pris l'habitude d'appeler leur petite planète.

— Franchement, l'air est pauvre dans ton domaine, se plaignit Mira. Pas le moindre petit perroquet, aucun toucan, aucun quetzal, pas même un simple rouge-gorge ou une fauvette.

— C'est vrai, concéda-t-il. Je ferai mieux avec les coquillages.

Il ferma les yeux et commença à citer des noms inconnus de la jeune fille, à énumérer des endroits, à dicter des formes, des couleurs et des textures. Il malaxait chaque fois le vide du bout de ses doigts, puis il concluait son geste en claquant le pouce et le majeur.

Mira savait que son camarade préparait une grande oeuvre. Elle avait hâte de découvrir toutes ces merveilles et elle ne fut pas déçue. La barrière de corail à marée basse, la plage, les eaux du lagon, les replis du sable, les abords des cocotiers: partout l'atoll regorgeait de coquillages magnifiques.

Teiki le magicien s'était surpassé.

Il y en avait des grands, des longs, des ronds, des minuscules, des pâles, des foncés, des rayés, des tachetés. Au fond de l'eau, il y en avait des énormes qui béaient, mains de géant ouvertes sur le vide. Il y en avait d'autres qui étaient refermés sur des lèvres de forme sinueuse, veloutées en apparence et de couleurs vives, étonnantes.

L'envie leur prenait parfois de posséder ces bijoux et de s'en parer. Ils prélevaient la bourre d'une coco âgée, déjà grise, et la tressaient brin par brin, jusqu'à obtenir un cordage d'une rare finesse. Ensuite, ils y suspendaient des coquillages ou les emprisonnaient entre les fibres rousses, odorantes.

Tout en enseignant son art à Mira, Teiki lui parlait de Hereiti. C'est elle qui lui avait appris à faire des colliers, des bracelets, des parures de cheveux. À repérer, dans une montagne de coquillages, celui dont la couleur et la forme se marieraient avec un autre, d'origine différente. Elle lui avait appris à voir.

— Et moi, mon frère m'a appris à écouter, répliquait Mira.

Elle lui racontait les heures passées à décortiquer un morceau de musique pour comprendre son mouvement. Sur le pont du bateau ou dans leur cabine, il n'y avait pas beaucoup d'espace. Ils s'assoyaient en tailleur et Tomas dansait, juste avec les mains et le haut du corps. Et parce qu'elle connaissait son jumeau jusque dans ses moindres frémissements, elle savait quels pas Tomas aurait exécutés s'il avait été sur scène.

Mira et Teiki reprenaient souvent les mêmes conversations qu'ils poussaient chaque fois un peu plus loin, élargissant d'autant le champ des confidences. Ils partageaient volontiers ce qu'ils possédaient de souvenirs, d'émotions, de regrets et de doutes, sans toutefois se dépouiller complètement. Chacun conservait ce qu'il faut de réserves pour ne pas se rendre vulnérable.

Dans la mise en commun de leur intimité, ils protégeaient leur pudeur et leur intimité. Ils n'avaient d'ailleurs pas encore cédé à l'envie de se toucher, ou du moins de se toucher autrement qu'en amis. Quand ils le feraient, s'ils le faisaient, leur vie ne serait plus la même et cela les effrayait. Ils n'étaient pas prêts à affronter un nouveau cyclone.

— Si on explorait la ferme perlière? proposa le jeune Polynésien quand l'inventaire des coquillages fut à peu près terminé. On retrouvera peut-être des nacres au fond de l'eau, qui sait?

S'il avait souvent plongé dans le lagon depuis la tempête, Teiki n'était jamais retourné dans les eaux de la ferme perlière. Il n'en avait ressenti ni la nécessité ni la curiosité. L'émerveillement de Mira devant un beau coquillage lui en redonnait le goût. Il adorait voir les yeux de la jeune fille changer de couleur et se demandait quelle teinte ils prendraient devant une perle noire.

Pour se rendre où il avait installé les bouées avec son père, Teiki avait besoin d'une embarcation. Mira et lui entreprirent de rassembler les pièces que le garçon avait collectionnées.

Ce projet les amusait et donnait à Mira l'impression de vivre normalement, avec des tâches à accomplir, des délais prévus et des résultats escomptés. Car elle avait beau s'accommoder de cette existence primitive, elle ne s'était pas entièrement débarrassée de sa nature nord-américaine. Elle avait parfois un besoin impérieux de se sentir productive.

Au bout d'une semaine de dur labeur, les naufragés de Tamatangi possédaient une pirogue à balancier en patchwork. Le balancier était vert, ses bras de deux couleurs différentes, l'avant du canot était en bois verni et l'arrière était peint, mais ça n'avait aucune importance.

— L'essentiel, semble-t-il, est invisible pour les yeux, philosopha Mira.

— Ouep, fit Teiki, manifestement heureux. L'essentiel, c'est d'abord qu'elle flotte et ensuite qu'elle puisse naviguer.

— Elle pourra faire tout ça, tu crois? s'enquit la jeune fille.

Elle posait la question pour le simple plaisir de provoquer son ami. Elle n'avait aucun doute. Construire une pirogue était aussi naturel, pour un Polynésien, que fabriquer un *more*. Teiki lui avait offert le *nec plus ultra* en matière de mode locale. Sa pirogue serait certainement du même niveau. Aussi y grimpa-t-elle sans aucune appréhension lorsque, une fois à l'eau, l'embarcation s'avéra étanche.

Ils se mirent à pagayer avec vigueur, tant leur confiance était immuable et grande, leur hâte de filer sur le lagon. Au vingtième coup de rame environ, alors qu'ils avaient déjà atteint une bonne vitesse, le balancier se détacha du canot et celui-ci se retourna, les emprisonnant sous la coque.

Par bonheur, ils avaient l'habitude de la plongée. Ils se dégagèrent et regagnèrent rapidement la surface où, rassurés de retrouver leur partenaire sain et sauf, ils éclatèrent de rire en brandissant leur pagaie. Le dessalage avait été si rapide qu'aucun des deux ne l'avait échappée.

En vingt coups de rame, Mira et Teiki n'avaient heureusement pas parcouru une grande distance. Ils purent ramener leur épave en la poussant, car la retourner à l'eau aurait été impossible. Elle était considérablement trop lourde, et ils étaient trop fatigués. Ils reportèrent au lendemain l'étude des pièces à conviction.

Le matin suivant, ils découvrirent avec étonnement l'origine du problème. Les liens du balancier avaient été rongés par les petites souris de l'atoll. Comme si elles avaient eu peur qu'on les abandonne et avaient saboté l'expédition.

Attendris par leur découverte — ou plutôt par l'interprétation qu'ils en faisaient —, Mira et son compagnon planifièrent sur-le-champ un feu de camp en leur honneur. En attendant, il fallait songer à un moyen de fixer ce fichu balancier.

— On pourrait découper des bandes dans la tente du radeau, suggéra Mira sans trop réfléchir. C'est du caoutchouc résistant. Ça devrait fonctionner.

Teiki fut surpris de cette proposition. Toucher son embarcation, c'était toucher ses souvenirs. Quand elle en prendrait conscience, elle ne le lui pardonnerait peut-être pas.

Le garçon lui demanda si elle ne risquait pas de le regretter et Mira saisit sa question sur un autre plan. Du point de vue de l'avenir, plutôt que du passé.

— Je ne me servirai plus du radeau comme d'un radeau, Teiki. Quand je partirai d'ici, ce sera sur un vrai bateau.

Le cœur de Teiki se serra. C'était ainsi chaque fois que Mira évoquait son départ. Elle le faisait occasionnellement. Il y avait des jours où la vie si paisible de l'atoll l'agaçait et où elle regrettait de ne pouvoir accélérer le cours des événements, hâter l'arrivée des secours.

Elle évoquait la ville, les copains, les grands magasins, le bleu dans les cheveux, le rap dans les oreilles, le khôl sur les yeux, les sorties, les spectacles de musique, l'animation, le cinéma, les expositions, les revues, les livres, toutes ces choses qui lui manquaient parfois et que Teiki ne connaissait que pour en avoir entendu parler, dont il n'avait, lui, ni besoin ni envie, et qui les séparaient pendant quelques minutes, quelques heures ou quelques jours, le temps d'un coup de cafard.

Mira s'aperçut qu'elle avait blessé son ami et le regretta. C'était un sujet délicat, celui de son départ de l'atoll, et elle évitait le plus possible de l'aborder. Quand elle le faisait, c'était sans le vouloir. Elle réorienta vite la conversation vers la chasse aux perles et la nécessité de réparer la pirogue. Il n'était pas question de gâcher une si belle matinée.

Teiki avait le coeur aussi léger que fragile. Il retrouva vite son entrain. Il entreprit de chercher une solution de rechange pour le balancier de la pirogue. Bientôt, Mira et lui se mirent à énumérer n'importe quoi. C'était un jeu auquel ils s'adonnaient souvent. Pour s'amuser, pour passer le temps et parce que Mira aimait la poésie, surtout celle, impayable, de Prévert. Des cordes de violon. Des bretelles de pantalon. Des lanières de draps. De l'air. Du vent. Des lambeaux de nuage. Des riens…

— Génial, les riens, approuva Teiki. Ça ne coûte pas cher et on en trouve partout.

— N'empêche, répliqua Mira, que la toile de radeau, c'est encore la meilleure solution.

— Pas d'accord, argumenta Teiki. Je préfère, et de loin, le poil de chameau. C'est résistant à l'eau!

Chapitre 10
Une cité blanche et fragile

Mira ne sentait plus le poids de son corps. Elle était légère, légère! Elle volait. En bas s'étendait une cité blanche, aussi fragile que la porcelaine. La végétation était d'autant plus belle qu'elle était extrêmement rare. De grandes herbes poussaient çà et là, fines et ondulantes. Il y avait aussi des fleurs rosées qui s'accrochaient aux rochers, mais pas d'habitants. Une cité abandonnée. La jeune fille la survola encore quelques instants, puis elle remonta à la surface.

— C'est magnifique! lança-t-elle à Teiki qui l'avait suivie en haut. On jurerait des maisons miniatures avec des tourelles, des petits ponts et des cours intérieures. Ce doit être formidable d'être un poisson.

— Tu crois? demanda le garçon sur un ton moqueur. Viens, je vais te montrer quelque chose.

Il prit Mira par la main et l'entraîna vers le fond, au bout du massif de corail qui la faisait rêver. Puis il lui indiqua une ouverture vers laquelle elle se pencha. Elle eut un brusque mouvement de recul et retourna immédiatement à la surface.

— Tu es fou! s'indigna-t-elle. Une murène! Elle aurait pu me mordre!

— Mais non, voyons! Tu n'es pas un petit poisson!

— Une murène, ça peut te couper la main!

— Voilà pourquoi il ne faut pas mettre sa main dans un trou.

— Et son nez, alors? J'ai failli faire une crise cardiaque. Maniaque!

Mira évacuait sa peur tout en sachant qu'elle n'avait rien à craindre avec lui. Il connaissait étroitement le lagon. Le garçon se moqua gentiment de sa partenaire pendant quelques minutes encore, puis il l'invita de nouveau à le suivre.

— Pas de coup bas, hein? le prévint-elle.

— Pas plus bas que le fond de l'eau. Promis.

Pour le punir, elle se mit à nager dans la direction opposée, mais il la ramena vite dans son giron. Plus les jours passaient et moins il avait envie de la perdre. Un requin est si vite arrivé… Chez lui, les pêcheurs avaient l'habitude de plonger à deux. Il y en avait toujours un pour couvrir l'autre en cas d'attaque.

Ceux qui avaient voulu jouer les braves ou les indépendants l'avaient payé cher pour la plupart. Au village, il y avait quelques bras et quelques jambes mutilés. Avant le cyclone, s'entend.

Teiki repéra une bouée à demi enfouie dans le sable. Il la signala à Mira avant de remonter prendre de l'air. Là-haut, il l'avertit qu'il descendrait seul la chercher. C'était trop profond, en apnée, pour quelqu'un qui n'avait pas l'habitude. Elle resta donc près de la surface et le regarda descendre. Elle eut besoin d'air deux fois avant qu'il atteigne sa destination. En bas, il dut encore lutter pour dégager la bouée, puis il fit le chemin inverse avec ce poids en remorque. Ouf! Elle était essoufflée pour lui quand il émergea enfin.

— Ça va? s'inquiéta-t-elle.

— Ça va! répondit-il sans même avoir besoin de reprendre son souffle. Il n'en manque aucune!

— Aucune quoi? demanda Mira.

Elle en avait presque oublié pourquoi ils étaient là.

— Aucune nacre dans la chaîne, fit-il en hissant son butin hors de l'eau.

Teiki exhibait sa bouée crevée (ce pourquoi elle avait coulé, d'ailleurs) et un long chapelet de coquillages ronds et plats, recouverts de mousse verte. Des perles, là-dedans? Mira avait du mal à y croire. Ils retournèrent à la pirogue qui flottait non loin de là, s'y hissèrent et attachèrent les nacres à l'un des bras du balancier pour ensuite les remettre à l'eau. Puis ils regagnèrent la rive en ramant.

L'embarcation était rapide et stable, maintenant que son balancier y était solidement arrimé. Ils avaient finalement utilisé l'habit de mer de Mira, une combinaison faite d'un tissu synthétique très résistant. La découper, cependant, se serait avéré impossible sans les outils appropriés.

Mira avait eu l'idée du feu. La lame de la machette, chauffée à blanc, leur avait permis d'obtenir des bandes de tissu droites et sans aucune effilochure. Teiki les avait ensuite tressées comme les fibres de coco. Ce qui lui avait permis d'obtenir un cordage trois fois plus long que les bandes elles-mêmes, aussi long, en fait, qu'il en avait besoin.

À un mètre de la rive environ, dans soixante centimètres de profond, ils avaient installé un mouillage. Ils y amarrèrent la pirogue et complétèrent le trajet à pied. Il n'aurait pas été difficile de hisser l'embarcation sur la plage en se servant des vagues. Le problème, c'était de la remettre à l'eau. Une fois campée dans le sable, elle n'était plus déplaçable.

Ils en avaient fait l'expérience et s'étaient juré de ne plus jamais recommencer. Il leur avait fallu patienter pendant trois jours, jusqu'à ce que la marée soit assez haute et les vagues assez fortes pour la décoller. Plus jamais!

— Qu'est-ce que tu fais?

Mira s'était écroulée sur la plage, crevée. Teiki, lui, trépignait d'impatience. Il ne manquait jamais d'énergie. Il aurait pu ramer encore pendant une heure ou deux sans que rien n'y paraisse.

— Assieds-toi, tu m'énerves!

— Je n'ai pas envie de m'asseoir, j'ai envie de vérifier s'il y a des perles dans ces coquillages. Pas toi?

— Si. Mais pas tout de suite. J'ai besoin de me reposer un peu.

La jeune fille ferma les yeux.

— Cinq petites minutes, supplia-t-elle.

— Cinq minutes, concéda Teiki. À l'ombre!

Mira refusa de se relever et de s'étendre plus loin. Intraitable, Teiki la souleva par les pieds et la traîna sous un cocotier.

— Idiot! hurlait-elle en riant et en se tortillant.

Elle se débattit tellement qu'elle le fit tomber. Ils se retrouvèrent l'un sur l'autre, déjà enlacés, déjà engagés dans quelque chose d'inévitable qu'ils avaient évité jusque-là, mais qu'ils ne pourraient éviter toujours. Alors pour une fois ils n'essayèrent pas de l'éviter et se soumirent à l'inévitable.

Après, seulement, ils se dirent qu'ils n'auraient pas dû et ce n'était pas tellement sincère même si c'était vrai. Désormais, il y aurait ce lien supplémentaire entre eux et le détachement serait encore plus difficile le jour où se présenteraient les secours.

Tôt ou tard, on verrait la goélette du capitaine ou un autre bateau se profiler à l'horizon et ce serait fini. Ce qui venait à peine de s'amorcer serait déjà terminé et on souffrirait. Mieux valait ne pas aller plus loin.

— Mieux vaut, oui.

Il ne venait jamais à l'esprit de Mira qu'elle pourrait rester sur l'atoll et plus jamais à celui de Teiki qu'il pourrait en partir.

Elle était aussi sapin que lui était cocotier. Sa vie se situait ailleurs. Pas sur ce désert à la dérive.

— Qu'est-ce qu'on fera avec les perles, si on en trouve?

— Tu les garderas, répondit Teiki. Tu les emporteras en souvenir de moi quand tu partiras.

— Non, elles t'appartiennent. Tu t'en serviras pour acheter des provisions de la goélette.

— Je n'ai besoin de rien, fit Teiki en se relevant.

Mira sentit à quel point il était triste. Elle n'était pas encore partie et déjà c'était difficile. Ils n'auraient pas dû…

Teiki aida la jeune fille à se lever. Il l'attira contre lui et la serra dans ses bras comme s'ils se séparaient. Comme si le bateau l'attendait déjà en rade pour l'emmener au loin.

— Ne fais pas ça, l'implora-t-elle.

— Ne fais pas quoi?

— Ne me retiens pas.

— Je ne te retiens pas, répondit Teiki.

Il se détacha d'elle et recula de quelques pas.

Il était aussi beau qu'un dieu, aussi touchant qu'un enfant, fort, vivant, sain dans sa tête et dans son corps. Comment Mira ferait-elle pour le quitter? Elle savait que désormais, toutes ses journées seraient gâchées par cette perspective. Ils n'auraient pas dû…

— Allons aux perles, suggéra-t-elle.

Elle glissa sa main dans celle de Teiki et marcha à son côté, silencieuse. Ils n'auraient pas dû, mais diable que c'était bon de pouvoir se toucher.

Chapitre 11
Où était-ce donc, chez elle?

La perle était là, telle que son père en avait rêvé. Teiki n'en croyait pas ses yeux. Six nacres vides coup sur coup et puis celle-là, avec son trésor. Une bille parfaitement ronde aux reflets bleus et dorés, un orient d'une rare qualité. On pouvait se mirer dans cette perle tant elle était brillante. Et sa taille! Dix-huit ou vingt millimètres, certain. Ah! si son père avait été là! ne cessait de répéter Teiki.

— Tu te rends compte? C'est lui qui l'a faite cette perle-là, en quelque sorte. Je me demande ce qu'il en dirait.

— Il te dirait sûrement de continuer. D'en faire d'autres, de belles perles comme celle-là.

Teiki ne répondit rien. Il était touché et confus. Il aurait bien aimé poursuivre le travail de son père, mais cela lui paraissait impossible. Il confia la perle à Mira et ouvrit une autre nacre. Vide. Une autre encore, la neuvième. Elle contenait une perle plus petite que la précédente et tout aussi belle, quoique de couleur différente. Celle-ci était verte.

— Dire qu'on les appelle des perles noires! commenta Mira.

— Perles noires de Tahiti, précisa Teiki. Alors qu'elles proviennent des Tuamotu et peuvent être presque blanches aussi bien que noires ou bleues, vertes, aubergine ou dorées…

Teiki était fier de ses connaissances en perliculture. Pour une fois qu'il avait un peu d'avance sur la jeune fille! Il s'empara du dixième coquillage, repéra l'endroit propice pour y glisser sa lame sans tuer la bête qui vivait à l'intérieur, et le tourna délicatement. Le sac perlier était plein. Il le pressa et en sortit une perle en forme de poire, parfaite dans son imperfection.

— T'as vu ça! s'exclama-t-il.

Mira, qui ignorait tout de la culture des perles, en savait plus long que Teiki sur leur aspect et leur usage. Partout en Polynésie, elle avait vu les femmes les porter, aux oreilles, au cou, aux bras, aux chevilles, dans les cheveux, en colliers, en bracelets, en broches, en breloques, en peignes. Les artistes les intégraient à leurs oeuvres et les couturiers à leurs créations.

Il y en avait de toutes les formes et de toutes les couleurs. La poire n'était pas aussi rare que Teiki le croyait, mais elle se tut. Elle aimait lire cet étonnement sur le visage de son ami. Et puis tout était relatif. Quand elle retournerait chez elle, la perle noire en forme de poire serait plus que rare. Elle serait inexistante.

Mira ressentit une grande fatigue en évoquant son pays. Où était-ce donc, maintenant, chez elle? Elle était partie depuis plus de deux ans. Personne ne savait où elle se trouvait et probablement était-elle portée disparue.

Ses parents donnaient régulièrement des nouvelles à la famille et aux amis. Au début, son père rapportait chaque départ en traversée. À la longue, il avait cessé de le faire parce que s'il négligeait de confirmer son arrivée, faute de moyen de communication ou pour toute autre raison, ses correspondants s'inquiétaient. Il avait tout de même gardé un contact suffisamment étroit avec son monde pour que la perte de l'*Amarante* ait fini par être signalée.

Si jamais elle rentrait, Mira devrait faire face aux questions des amis, des parents, des journalistes probablement. Elle devrait revivre ce qu'elle avait vécu et eu tant de mal à oublier. Elle devrait régler les affaires légales ou, en tout cas, les faire régler par quelqu'un de compétent.

Et puis ensuite, quoi? La formation. Elle faisait ses études collégiales par correspondance au moment du naufrage. Elle avait maintenant plusieurs mois de retard. Son année était perdue.

Aurait-elle le courage de la recommencer? Pourrait-elle s'enfermer de nouveau dans une classe surchauffée avec une abondance d'odeurs qui l'agresseraient sans cesse et lui donneraient envie de la brise du Pacifique Sud?

Cela lui donnait mal à l'estomac et pourtant, elle ne voyait pas d'autre solution que de rentrer. Si seulement Tomas avait été là! À deux, ils auraient pu surmonter n'importe quelle difficulté. Sans lui, elle n'était plus qu'une moitié de personne. C'est ce qu'ils se disaient toujours. Ils ne faisaient qu'un: elle était la tête et lui les pieds.

Un jour, il serait le plus grand danseur du monde et elle, son agent. Ils s'imaginaient que leur destin était tout tracé d'avance.

— Mira! Mira!

Teiki appelait la jeune fille. Elle était perdue dans ses pensées, bien perdue et désespérée. Il prit sa main, l'ouvrit et y déposa la perle en forme de poire.

— Tiens, c'est pour toi. Pour quand il fera froid.

La jeune fille sourit faiblement et, elle n'y pouvait rien, elle se mit à pleurer.

— Ne pleure pas, dit-il en la prenant dans ses bras. Tu reviendras.

— Tu ne seras peut-être plus là.

— Je t'attendrai.

— Tout seul?

— J'étais seul avant que tu arrives et j'ai survécu en m'inventant des raisons d'attendre. Mais je ne savais pas ce que j'attendais. À l'avenir, je le saurai. Ce sera plus facile.

— On ne devrait pas parler comme ça, Teiki. Qui sait si la goélette viendra vraiment?

— Il vaut mieux qu'elle vienne. Autrement, tu l'espéreras toujours. Je préfère te perdre pendant quelque temps que de te garder avec des regrets.

— Comment sais-tu que j'aurais des regrets?

— Parce que tu en as souvent. Et tu continueras d'en avoir tant que tu ne seras pas retournée là-bas pour régler ce que tu as à régler.

— Tu m'étonnes, Teiki, et tu aurais étonné mon père, le philosophe. Comment connais-tu toutes ces choses-là, puisque tu n'as jamais quitté ton île?

— Je ne connais rien. Seulement la nature.

— Qu'est-ce que tu vas faire, pendant que je serai absente?

— Je cultiverai des perles et à ton retour, il y en aura assez pour te faire tout un collier.

— Je ne veux pas d'un collier de perles.

— Alors je t'en ferai une maison avec une cheminée, et on fera brûler des perles pour se réchauffer.

— Il ne fait pas froid, ici.

— Si, parfois. Après les cyclones, quand on est trempé.

— Je ne veux pas de cyclone.

— Moi non plus, mais s'il en passe un, je te protégerai. Je le jure. Je n'ai pas pu protéger Hereiti, mais toi, je te protégerai. Tu es ma presque sœur et plus que mon amie. Je t'aime.

— Je t'aime aussi.

Ils finirent d'ouvrir les nacres et mirent leur récolte à l'abri, dans un petit carré de coton doux. Puis, comme ils n'avaient pas de nucleus pour greffer les coquillages, ils utilisèrent des cailloux minuscules, autrement dit, de gros grains de sable.

— Ça va fonctionner, tu crois? demanda Mira.

— Quelle importance, puisque tu ne veux pas de collier?

— Non, mais je veux une maison. Avec une cheminée.

— Dans ce cas, ça devrait marcher.

Ce soir-là, ils dormirent ensemble. Sur la plage, sous le cocotier magique, avec les petites souris. Quand le feu faiblit, Teiki raconta à Mira comment il avait pensé la guérir en lui faisant manger du poisson cuit.

— Tu avais raison. Si tu n'étais pas venu me chercher, je serais peut-être encore là, dans mon radeau, à me torturer l'esprit et à pleurer sur le passé.

Teiki était si surpris et si content qu'il se releva et se mit à danser. Il n'avait pas dansé depuis une éternité. Pourtant, il le fit de façon splendide. Sans accompagnement, juste avec la musique qui jouait dans sa tête parce qu'il était heureux. C'était une danse primitive, sauvage, et Mira, qui avait assisté à d'autres danses polynésiennes, reconnaissait l'évocation des oiseaux, des animaux et des poissons qui peuplaient les îles.

Au bout d'un moment, elle qui n'avait plus dansé depuis que Tomas lui avait volé son art, non pas par une volonté mesquine, mais par son immense talent, se leva aussi et se mit à danser avec Teiki. Son corps se libéra de tous ces pas perdus, de tous ces gestes retenus.

Elle dansa sans les contraintes du ballet, comme Tomas soutenait qu'il fallait danser, comme on vit, comme on respire, comme on aime. Elle dansa parce qu'à cet instant, aucun autre langage ne pouvait exprimer ce qu'elle ressentait, et Teiki comprit très bien ce qu'elle avait à lui dire. Désormais, il n'aurait plus peur de la voir partir.

Chapitre 12
La veille, ils avaient créé le vent

Quand la goélette vint, quelques semaines plus tard, ils se croyaient immunisés contre la tristesse, le cafard et autres effets secondaires de la séparation. Ils pouvaient en parler librement, tendrement, parfois aussi avec humour. Ils étaient même allés jusqu'à multiplier les excursions dans l'atoll afin que la jeune fille emporte de leur petite planète une image exacte et complète.

Ils étaient en train de chasser un crabe de cocotier lorsqu'ils entendirent un bruit. C'était un matin particulièrement silencieux et ils reconnurent tout de suite le ronron familier d'un moteur diesel. Le garçon cessa de rire, releva la tête et déclara, d'une voix blanche:

— Le capitaine.

Mira sentit la détresse qui s'emparait de lui.

— Viens avec moi, dit-elle.

C'était la première fois qu'elle le lui proposait, même si elle l'avait souvent envisagé. Elle connaissait trop bien la réponse.

— Je ne pourrais pas vivre ailleurs.

— Tu ne pourras peut-être pas vivre ici.

— Et pourquoi pas? demanda-t-il, le ton soudain plein d'orgueil et de défi.

Elle eut un pincement au coeur. Il ne lui avait jamais parlé de cette manière.

— Mettons la pirogue à l'eau, reprit-il. Sinon, le capitaine s'en ira quand il verra que le quai est démoli.

Teiki se mit en route sans attendre Mira. Elle n'essaya pas de le rattraper. Elle le suivit quelques pas derrière, petite vieille silencieuse d'un petit vieux bougon. Bouldingue. Cette image la fit rire pour commencer, puis évoquer Tomas.

Elle se fâcha.

— Arrête! cria-t-elle. Tu n'es pas tout seul à avoir de la peine. Tu n'es pas tout seul à tenir à cette île. J'y ai perdu mon frère, tu te souviens? Mon frère que j'adorais. Et maintenant, je dois repartir en bateau, sur un océan qui m'a volé mes parents. Tu crois que je me sens bien? Je me sens mal et j'ai peur. Plus peur que tu ne pourras jamais l'imaginer. Peur de ce qui m'attend. Peur, tout simplement, de voyager sur l'eau, parce que j'y ai fait naufrage. Naufrage! Tu sais ce que ça signifie?

Teiki ne répondit pas et continua à marcher. Plus doucement, Mira s'en aperçut. Elle se calma.

— Je croyais que c'était réglé, reprit-elle. Qu'on ne se ferait pas souffrir quand viendrait le moment de se séparer. Rappelle-toi ce qu'on s'est promis.

Le garçon s'arrêta et se retourna.

— Je ne suis pas aussi habile que toi avec les mots, balbutia-t-il. Je n'ai peut-être pas tout dit.

— Tu n'as pas besoin d'être habile. Tu as simplement besoin d'être sincère.

— Je n'ai pas peur que tu partes dans le sens où j'aurais peur de ne pas te revoir. Ce n'est pas ça.

— Qu'est-ce que c'est, alors?

— Quand tu es arrivée, j'ai réussi à remplacer dans ma tête des images de morts par des images de vivants. Tu t'en vas, et j'ai peur que les morts reviennent. Même si tu seras toujours présente dans mon esprit. Ils sont plus nombreux que toi. J'ai peur qu'ils te chassent.

Mira hésita avant de poursuivre. Elle ne savait pas si elle devait prendre cette déclaration au sens figuré ou au sens propre. Elle se souvenait d'avoir lu que dans la société polynésienne, la croyance aux revenants était encore très répandue.

— Tu crois aux *tupapaus*? demanda-t-elle, inquiète.

Si c'était le cas, cela signifiait que leurs différences culturelles étaient beaucoup plus profondes qu'elle l'avait imaginé, et peut-être même infranchissables.

— Non, répondit Teiki. Je crois à l'oubli.

— Sur notre planète, fit Mira soulagée, l'oubli n'existe pas. As-tu oublié? Sauf en ce qui concerne les mauvais souvenirs. Notre mémoire est contenue dans la perle en forme de poire.

— Que tu n'oublieras pas d'emporter.

— Que je ne pourrai d'aucune manière oublier d'emporter et en échange de laquelle je te laisserai un antidote contre l'ennui.

Teiki sourit tristement. Il se sentait vieux, tout à coup. Les belles histoires que lui et Mira s'étaient inventées ne le faisaient plus rêver.

— Viens, dit-il. Le capitaine nous attend.

La goélette avait complété son virage et se dirigeait vers la passe. C'était le moment où le capitaine avait l'habitude d'étudier sa destination à la jumelle. Le moment où il se rendrait compte que le quai n'existait plus et où il risquait de décider de ne pas franchir la barrière de corail.

Mira et Teiki détachèrent la pirogue et allèrent lentement à sa rencontre. D'habitude, ils coursaient contre leur ombre, puisqu'il n'y avait pas d'autre pirogue à défier. Cette fois, aucune urgence.

Mira était assise devant, Teiki derrière. Il gravait dans sa mémoire la silhouette de sa partenaire. Ses épaules dorées par le soleil. Ses bras qui maniaient la rame avec force et précision. Ses cheveux blonds, épais et lustrés depuis qu'elle leur avait appliqué le traitement polynésien, à l'huile de coco.

Elle avait beaucoup changé, la petite naufragée, depuis le jour où elle avait échoué sur la plage de Tamatangi. Elle s'était remplumée. Elle repartait en santé, plus ronde qu'avant et tellement plus désirable. Comme elle lui manquerait!

Mira regardait droit devant. Elle sentait les yeux de Teiki dans son dos, mais elle ne se retournait pas. Elle immortalisait l'image du lagon et la courbe de l'atoll qui s'ouvrait au loin sur le Pacifique. Le sable d'une blancheur immaculée. Les bleus du lagon, si nombreux qu'on ne parvenait pas à les compter. Les traits des cocotiers, petits bâtons verticaux ou légèrement inclinés, surmontés de crêtes vertes.

De temps en temps, elle fermait les yeux sur ces images si incroyablement parfaites, et laissait les pores de sa peau travailler. C'étaient cette fois la chaleur du soleil et la fraîcheur de la brise qui étaient capturées. Le contraste des deux qui était enregistré. Et aussi les gouttes de sueur qui glissaient sur le front, le long des tempes, du nez et de la bouche, auxquelles se mêlaient parfois des gouttes d'eau salée que soulevait la rame en pénétrant dans l'eau.

Quand elle ouvrait de nouveau les yeux, Mira constatait que le bateau s'était approché. Il franchissait maintenant la passe. C'était beau, cette étrave rouge qui repoussait vers ses flancs la houle blanche. Magnifique et périlleux. Il ne restait pas plus de deux mètres, de chaque côté, entre la coque et la barrière de corail. Belle manoeuvre, sûrement un excellent capitaine. Elle était rassurée. De ce point de vue du moins. Pour ce qui était de Teiki, comment ne pas s'inquiéter?

Elle posait sa rame sur ses genoux, un instant, et se retournait. Elle rencontrait le regard du garçon qui baissait vivement les yeux. Un bernard-l'ermite. Il fallait murmurer des mots doux à son oreille pour le faire sortir de sa coquille.

Sur le pont de la goélette, quelqu'un héla la pirogue.

— *Ia ora na*! cria Teiki en brandissant sa pagaie dans les airs.

— *Ia ora na*! reprit le matelot.

C'était un garçon du même âge que Teiki environ. Il avait les traits d'un pur Polynésien, mais il était remarquablement plus petit de taille. Sans doute un Chinois de Papeete, il y en avait beaucoup sur les bateaux. Le jeune homme s'appuya au bastingage et s'adressa de nouveau à Teiki.

— Le capitaine a remarqué qu'il n'y a plus de quai, dit-il. Il se demande si vous avez besoin de nous. Avez-vous de la marchandise à prendre ou à expédier?

— À expédier, répondit Teiki en esquissant un petit sourire. Pouvez-vous vous ancrer?

Le matelot s'engouffra dans la cabine et reparut quelques instants plus tard.

— Aucun problème. Nous repartirons à la prochaine marée. Vous avez six heures pour préparer la marchandise et nous l'apporter. Cela vous suffit-il?

— Non, fit Teiki, mais nous nous arrangerons. Souhaitez-vous descendre à terre? Cette pirogue est tout ce qu'il nous reste pour faire la navette. Nous avons subi beaucoup de pertes lors du cyclone.

De nouveau, le matelot alla consulter son chef et revint sans tarder.

— Nous n'avons pas besoin de descendre. Le capitaine désire savoir si votre pirogue suffit pour le transport de la marchandise. Sinon, il fera mettre un canot à l'eau.

— La pirogue suffit amplement, fit Teiki. Merci.

— Aurons-nous besoin d'utiliser la grue pour soulever le chargement?

Teiki esquissa un nouveau sourire qui, pas plus que le précédent, n'échappa à Mira. L'équipage aurait une sacrée surprise quand il verrait que le colis avait deux jambes.

La jeune fille était soulagée de constater que son compagnon se détendait suffisamment pour s'amuser. Teiki avait été trop préoccupé par l'idée de son départ. Il en avait oublié de penser au plaisir que seraient ses retrouvailles avec l'équipage de la goélette. Sans doute était-il en train de s'en rendre compte.

— Pas de grue, non merci. Ce n'est pas très lourd.

— À votre guise. Le capitaine aimerait vous inviter à bord lorsque vous apporterez les cocos. Ce sont bien des cocos, n'est-ce pas?

— Non. Pas des cocos. Un oiseau.

Le garçon écarquilla les yeux.

— Un oiseau rare, précisa Teiki.

— Rare: je n'en doute pas. À part les toits des maisons quand il fait mauvais, il n'y a presque rien qui vole, par ici.

— Et pourtant… insinua Teiki. Enfin, vous verrez bien. Et merci pour l'invitation. Ce sera avec grand plaisir. À plus tard!

— À plus tard!

La goélette se remit en marche et vira de quelques degrés pour se diriger vers l'endroit où se dressait le village avant le cyclone. Teiki se demanda ce que le capitaine avait vu, avec ses jumelles. Il aurait peut-être dû le prévenir avant de l'envoyer ancrer face à un village qui n'existait plus. Il s'en voulait. Le choc risquait d'être brutal.

— Ne t'en fais pas, voulut le rassurer Mira. Je suis certaine que le cyclone a fait des ravages à peu près partout où le capitaine relâche normalement. S'il a continué de circuler au cours des six derniers mois, il a eu le temps de s'habituer. Tu ne penses pas?

— Est-ce qu'on peut s'habituer aux désastres?

— Il paraît qu'on s'habitue à tout, répondit Mira qui ne croyait pas vraiment à ce qu'elle prêchait.

Elle avait beau évoquer les médecins des salles d'urgence, les soldats en guerre, les criminalistes et autres spécialistes de l'horreur, elle ne voyait pas comment quelqu'un pouvait s'habituer à la mutilation, à la maladie et à la mort. Tout ce qu'elle pouvait faire, c'était de reconnaître qu'il en fallait. Si la terre avait été peuplée uniquement de gens comme elle, personne n'aurait pratiqué ces métiers et ni la médecine, ni la justice, ni l'idée de la paix n'auraient beaucoup progressé depuis le début de l'humanité.

— L'idée de la paix a beaucoup progressé à ton avis? demanda Teiki, incrédule. Quand monsieur B. nous enseignait, il y avait une centaine de guerres en cours dans le monde.

— C'est juste. Et il y a ces guerres qui se déroulent tous les jours sans qu'on les mentionne. C'est la jungle, tu sais, là-bas. Chacun se bat pour avoir la plus grosse part du gâteau. Les gens travaillent sans arrêt pour obtenir des objets qui sont censés faciliter leur vie, mais pour conserver ces objets, les payer, les entretenir, les remplacer, ils doivent travailler sans arrêt. C'est un cercle vicieux.

— Et tu veux y retourner?

— Je ne veux pas, Teiki. Je n'ai pas le choix.

— Tu arriveras à survivre?

— Je survivrai. Je n'ai pas le choix.

— Alors ce doit être vrai. On s'habitue à tout…

Teiki enfonça sa rame dans le lagon et repoussa l'eau loin derrière. Mira devait ramer aussi, sinon la pirogue tournerait en rond. Comme le monde qu'elle s'apprêtait à rejoindre. Elle pivota, regarda Teiki droit dans les yeux et lui dit:

— Je te le jure: je ne m'habituerai pas à ça.

Puis elle remit sa pagaie à l'eau et la pirogue, sous la poussée de leurs deux rames bien coordonnées, traça sur le lagon un sillon parfaitement droit.

Chapitre 13
La planète s'était remise à tourner

Ils avaient six heures pour rassembler les affaires de Mira, cela avait pris quinze minutes. À présent, ils étaient assis côte à côte sous un cocotier. Ils attendaient l'heure du départ. Teiki fabriquait un collier de coquillages, Mira ne faisait rien. Elle observait le paysage.

L'atoll ne lui avait jamais paru plus calme. C'était l'étale de marée et la goélette, à l'ancre, ne bougeait pas d'un centimètre. Sur le pont, rien ne bougeait non plus. Les hommes avaient suspendu leurs hamacs. Ils semblaient dormir.

À terre aussi, la vie s'était arrêtée. Il n'y avait pas la moindre petite brise et le soleil, trop chaud, décourageait les crabes et les bernard-l'ermite de sortir. Le ciel était bleu d'un bout à l'autre. Aucun nuage en mouvement, aucun oiseau en vol. L'univers était figé. La fin du monde était peut-être arrivée.

La jeune fille ferma les yeux. La chaleur lui donnait envie de dormir. Elle ne résista pas. Quand elle se réveilla, Teiki était toujours à son côté, il enfilait toujours de minuscules coquillages sur un fil de pêche très fin. Le soleil avait suffisamment décliné pour qu'elle sache qu'elle avait dormi une heure ou deux. Pourtant, le collier n'avait pas beaucoup allongé.

Mira sourit.

— Tu connais Ulysse et Pénélope? demanda-t-elle à son compagnon.

Ce n'était pas une question. C'était sa façon d'amorcer une histoire et Teiki le savait fort bien. Elle lui raconta la légende du roi Ulysse, de sa fameuse odyssée qui avait duré une vingtaine d'années, et de la façon dont sa femme, Pénélope, avait résisté aux nombreux prétendants qui se la disputaient.

— Elle leur avait promis de choisir un nouveau mari lorsque le linceul qu'elle tissait pour son beau-père serait terminé. Mais elle n'avait aucune intention de se remarier, tu comprends? Elle cherchait seulement à gagner du temps. Elle aimait Ulysse et elle l'attendait. Elle était persuadée qu'il allait revenir. Alors toutes les nuits, elle défaisait ce qu'elle avait tissé pendant le jour.

Mira fixa son compagnon avec malice:

— Tu n'aurais pas défait ton collier pendant que je dormais, par hasard?

— Oui, avoua Teiki. Mais pas pour gagner du temps.

— Ah bon! Et pour gagner quoi?

— De la légèreté.

Quand elle quitterait l'atoll, Mira devrait jeter ce collier de coquillages à l'eau. C'était la tradition. Si le collier franchissait la passe en sens inverse et réapparaissait dans le lagon, cela signifierait que la jeune fille reviendrait un jour. En le faisant plus léger, avec des coquillages plus petits, Teiki avait voulu mettre toutes les chances de son côté.

Mira sourit et Teiki la trouva belle. Il enlaça la jeune fille et l'attira à lui. Il la serra tendrement. Très fort. Puis il se détacha d'elle, termina le collier et le lui passa au cou.

— Il faut y aller, dit-il.

Tous deux avaient le coeur gros. Elle ramassa son petit baluchon et le suivit sans se retourner. Elle s'installa à l'avant de la pirogue et se mit à pagayer. Sans hâte. C'était elle à présent qui voulait gagner du temps.

Tout cela se déroulait soudain trop vite même si Teiki, comme elle, ramait lentement. La planète s'était remise à tourner. Le vent avait repris et la marée amorcerait sous peu son mouvement de recul. Quelques nuages se formaient à l'horizon. Sur le pont, les matelots s'activaient à leur approche.

La fin du monde était terminée.

Ce fut Teiki qui grimpa à bord le premier et Mira le suivit. Elle se tenait en retrait, intimidée par cette assemblée de Polynésiens qui se parlaient dans leur langue et lui jetaient périodiquement de brefs coups d'oeil intrigués. Elle entendit son nom dans la conversation et tout de suite après, un homme plus âgé que les autres se détacha du groupe et s'approcha vers elle.

Teiki lui présenta le capitaine. Il était grand et svelte. Il avait les cheveux gris, de beaux traits réguliers et le regard franc. Il inspirait confiance.

— *Ia ora na!* dit-elle.

— Teiki nous a expliqué la situation, mademoiselle. Nous sommes désolés de ce qui s'est produit ici et de ce qui vous est arrivé. Soyez certaine que nous ferons tout notre possible pour vous aider et pour aider votre camarade.

Il se rapprocha de Teiki et lui passa un bras autour de l'épaule.

— Venez! poursuivit-il. Nous allons vous faire visiter. Ici, dit-il en poussant une porte en bois verni, c'est le carré.

La pièce que le capitaine désignait ainsi était une salle basse et rustique, peinte en vert, où les hommes prenaient leurs repas en commun. Elle était située sur le deuxième pont et était adossée au poste de navigation. À côté se trouvait un petit salon meublé de quatre ou cinq fauteuils, d'une table et d'une bibliothèque. Sur la première tablette étaient éparpillés quelques livres et des revues. La deuxième était remplie de jeux de société.

Face au salon s'ouvrait un corridor qui conduisait aux cabines. Il y en avait six dont deux étaient réservées aux passagers, ce qui surprit Mira.

— En effet, mademoiselle. Nous faisons parfois monter des voyageurs entre les îles. Quand nous ne transportons aucun carburant.

— Et là, vous n'en transportez pas?

— Si, mais votre évacuation est un cas de force majeure, n'est-ce pas?

Mira sourit. Elle ne se sentait pas en péril et cependant, le capitaine avait raison. S'il ne l'emmenait pas cette fois-ci, quand le ferait-il? Dans six mois, il risquait d'avoir encore du carburant à bord. Les gens en consommaient de plus en plus, expliquait le capitaine. Ils équipaient presque tous leurs pirogues de hors-bord, maintenant que le gouvernement subventionnait la pêche et la perliculture pour garder son monde dans l'archipel.

— Ah bon! s'étonna Teiki. Le gouvernement subventionne la pêche et la culture des perles, à présent? Depuis quand?

— Tu es en retard dans les nouvelles, mon petit Vieux. Depuis qu'il a décidé de garder son monde dans l'archipel. Après le cyclone, des centaines de personnes se sont réfugiées à Papeete parce que leur atoll avait été ravagé.

— Encore chanceuses d'être en vie!

— Exact. Mais Papeete ne peut pas absorber autant de monde d'un coup. Et puis tu sais comme moi que ces gens-là, ils ne peuvent pas être heureux en ville. Alors le gouvernement a décidé de les encourager à revenir chez eux et à rebâtir.

— Et si moi je voulais remonter la ferme perlière de mon père? Je devrais d'abord me réfugier à Papeete? demanda Teiki après une minute de réflexion.

— Eh oui, mon bonhomme. Tu devrais rencontrer un agent du gouvernement, remplir une montagne de papiers.

— Ah non! s'écria le garçon. Les papiers et moi, on ne s'entend pas du tout.

— À moi ils ne me font pas peur, intervint Mira qui suivait cette discussion avec beaucoup d'intérêt. Tu m'as sauvé la vie, Teiki. Je peux certainement t'aider à réorganiser la tienne!

— Je ne t'ai pas sauvé la vie, protesta le jeune Polynésien. J'ai juste…

Mira profita de ce que le garçon cherchait ses mots pour s'adresser au capitaine:

— J'étais très malade quand mon radeau a échoué sur l'atoll, expliqua-t-elle brièvement. Et pas seulement dans mon corps. C'est Teiki qui m'a soignée alors qu'avec ce qu'il venait de traverser, il avait probablement besoin de soins autant que moi.

— Mon avis est que vous vous êtes mutuellement sauvé la vie, affirma le capitaine. On ne peut pas vivre seul éternellement dans un endroit aussi isolé. Tôt ou tard, on finit par craquer. Le corps a beau tenir, si l'esprit se détraque, l'individu n'ira pas bien loin. Façon de parler, évidemment. Sur un atoll, on ne peut pas aller loin de toute façon. Mais vous voyez ce que je veux dire, n'est-ce pas?

Il entraîna ses invités vers le carré:

— Allons, les enfants! Nos cuisinières ont préparé un petit goûter en votre honneur.

— Des cuisinières? s'écria Mira qui n'espérait pas rencontrer des femmes sur un tel bateau.

— Eh bien quoi, mademoiselle! Vous ne vous imaginez pas que mon équipage et moi avons le temps de cuisiner?

— Certainement pas. Mais des femmes…

— Quoi, des femmes? déclama le capitaine sur un ton théâtral. Nous ne sommes pas des sauvages!

— Ce n'est pas ce que j'ai voulu dire, bredouilla la jeune fille, gênée.

Le capitaine était un vrai Polynésien à l'esprit moqueur. Il faisait exprès de la mettre mal à l'aise. Heureusement, Mira s'en aperçut et lui rendit la monnaie de sa pièce.

— Je me demande simplement comment votre armateur peut faire confiance à ces femmes, avec un aussi bel homme à bord.

— L'armateur, mademoiselle, c'est moi!

Les six matelots, qui avaient suivi l'échange sans intervenir, éclatèrent de rire et le capitaine saisit l'occasion pour les présenter. La moitié étaient ses fils, l'autre moitié, ses neveux. Quant aux femmes, elles sortirent à ce moment de la cuisine avec des plateaux. Elles étaient trois: son épouse et ses deux soeurs.

Chapitre 14
Si tu cultives des perles

À table, la jeune fille s'assit entre Teiki et le capitaine.

— Combien de jours jusqu'à Tahiti? demanda-t-elle.

— En ligne droite ou sur mon bateau?

— Sur votre bateau.

— Une vingtaine. En partant d'ici, nous descendons vers les Marquises et ensuite, nous remontons sur Rangiroa avant de traverser à Papeete. Je peux vous emmener jusqu'à Tahiti ou, si vous préférez, vous déposer à Hiva Oa où il y a un aéroport. Êtes-vous pressée?

— Je n'ai pas le moyen d'être pressée, capitaine. Je n'ai pas un sou. Il faudra d'ailleurs que vous me fassiez crédit. Je m'occuperai de trouver de l'argent à Papeete. J'espère que je peux compter sur le consulat pour m'aider.

— En tout cas, tu peux compter sur moi.

Mira se retourna, incrédule.

— Oui, cafouilla Teiki. Je ne suis pas très doué pour ces choses-là, je n'ai pas d'argent et je n'ai jamais mis les pieds à Papeete. Mais comme tu le répétais toujours: deux têtes valent mieux qu'une. Peut-être que si je t'accompagne, tu seras moins découragée. Et peut-être que si tu m'accompagnes, j'aurai l'audace de solliciter une subvention pour la ferme perlière.

— C'est exactement ce que je disais, fit le capitaine. Vous vous êtes sauvé la vie mutuellement. La preuve: vous le faites encore. À la bonne heure! Je n'aurais pas aimé abandonner mon petit Vieux ici sans personne pour lui tenir compagnie. Et vous non plus, mademoiselle, n'est-ce pas?

La jeune fille n'avait pas besoin de répondre à cette question. Elle rayonnait visiblement de bonheur. Pourtant, elle savait que ce voyage à Papeete n'était qu'un sursis. Il faudrait encore se séparer là-bas, à moins que Teiki, une fois détaché de son atoll, accepte de s'aventurer plus loin?

Elle saisit machinalement le verre qu'on lui tendait et trinqua avec l'équipage:

— *Manuya!*

Santé. Bonheur. Chance. Avec un seul mot, elle souhaitait tout ça aux personnes présentes. À Teiki, surtout, son petit bernard-l'ermite adoré. Il était sorti de sa coquille, à présent qu'il se retrouvait avec des connaissances et qu'il ne se sentait pas menacé. Il parlait aux uns et aux autres.

Ce n'était plus le grand garçon timide qui l'avait accueillie dans son île quelques mois plus tôt. Il était chez lui, ici, dans cette baie. Il l'était aussi avec ces gens-là qui parlaient la même langue, mangeaient la même nourriture, dansaient de la même manière et vivaient quotidiennement dans les mêmes paysages. Pouvait-elle raisonnablement souhaiter qu'il la suive au-delà de Tahiti?

Mira avait vu des orques dans un aquarium. On les gardait en captivité prétendument pour éduquer les gens à la vie marine. Ne finissaient-elles pas toutes par mourir d'ennui, une fois sorties de leur environnement?

Sous prétexte d'aller chercher son sac dans la pirogue, elle entraîna Teiki à l'extérieur du carré.

— Tu veux vraiment venir à Papeete? lui demanda-t-elle.

— Tu te souviens, quand nous avons découvert les perles? Tu m'as dit que s'il était là, mon père souhaiterait que je continue ce qu'il avait entrepris. Je pense que tu avais raison. Je n'imaginais pas comment ce serait possible, mais si le gouvernement peut m'aider, je n'ai pas le choix. Je dois le faire.

— C'est curieux, la vie. Avant, je n'avais pas le choix de partir. Maintenant, c'est aussi ton cas.

Teiki la prit par les épaules.

— Ça nous fait pas mal de choses en commun, tu ne crois pas? Un cyclone, beaucoup de morts, un atoll, une vie à refaire…

— Une pirogue.

— Des petites souris qui ne sortent que la nuit.

— Une casserole cabossée.

— Des tee-shirts déchirés.

— Des shorts délavés.

— La jeunesse.

— Ça fait vieillir, le malheur.

— La vieillesse.

— Le bonheur.

— Tu rapporteras des livres?

— Si tu cultives des perles.

— J'en cultiverai.

— Je te dois quelque chose.

— Tu ne me dois rien.

— L'antidote contre l'ennui. Tu as oublié?

— Je croyais que toi, tu avais oublié.

— Comment aurais-je pu? J'ai ma perle magique. Mira sortit un cahier de son sac et le lui tendit. Voici la tienne. Avec ça, tu ne m'oublieras pas.

— Qu'est-ce que c'est?

— Toutes les histoires qu'on s'est racontées, toi et moi. Parfois c'est toi qui parles, parfois c'est moi, parfois c'est l'histoire, les légendes, les poèmes ou bien les contes.

— Pourquoi tu me le donnes aujourd'hui et non pas à Tahiti, avant de partir?

— Parce que je voudrais qu'il reste dans l'atoll. Il y aura au moins ce petit morceau de moi qui t'attendra ici.

— Tu es cruelle. J'aurais préféré l'emporter partout. Est-ce que je ne pourrais pas au moins prendre un petit morceau du petit morceau?

— D'accord, concéda Mira. Une page au hasard. Ferme les yeux et ouvre le carnet.

Teiki s'exécuta et Mira découpa la page. Elle la lui tendit.

— «Et Vieux créa la danse», lut-il. C'est un conte ou un récit?

— C'est un portrait de toi, vu par moi.

— J'aurais préféré un portrait de toi, blagua-t-il.

— Tu l'as, répondit Mira. Dans chaque mot qui est écrit là.

— Faudra rapporter beaucoup de papier. Je veux beaucoup de portraits de toi.

— Tu n'en auras pas besoin. Je serai tout à côté.

— Le capitaine nous attend.

— Faut aller porter le cahier et prendre tes affaires.

— Je n'ai rien.

— Tu m'as, moi.

— Faudra me couvrir, il fait froid sur l'océan, la nuit.

À cet instant précis, le capitaine sortit du carré et les appela:

— Bougeons-nous, les enfants! La marée commence à descendre!

Ils firent l'aller à terre à la vitesse de l'éclair. Leur pirogue touchait à peine la surface de l'eau. Pour une fois, ils avaient quelque chose contre quoi la faire courser: la montre. Ils gagnèrent. Ils emballèrent le cahier dans le *more* et enfermèrent celui-ci dans la grande marmite qu'ils enfouirent dans le sable avec la machette de Teiki, sous leur cocotier préféré. Leurs trésors seraient ainsi à l'abri des petites souris et de la pluie.

Il leur restait deux dernières choses à faire: ramener la pirogue à son mouillage puis retourner sur la goélette à la nage comme il avait été entendu avec le capitaine qui, incidemment, mettait la goélette en marche.

Mira et Teiki escaladèrent de nouveau l'échelle de corde. Ils étaient trempés de la tête aux pieds, mais cela n'avait aucune importance. Avec le soleil et le vent, ils ne mettraient pas longtemps à sécher. Ils s'assirent côte à côte à la poupe du navire et regardèrent leur île s'éloigner.

Ils étaient si occupés qu'ils ne remarquèrent même pas un matelot qui s'activait dans leur dos.

Celui-ci finit ses tâches et rejoignit son oncle dans la cabine de pilotage. La carte était déployée sur la table de navigation. Immense, toute bleue, avec au centre un petit cercle blanc. De là partait un trait de crayon qui descendait jusqu'au bas de la feuille et se prolongeait sur une autre carte.

Le capitaine releva sa position et la rapporta sur le trait de crayon. Quelques minutes plus tard, il roula cette carte et sortit la suivante. Dehors, l'atoll avait disparu. Mira et Teiki étaient toujours assis à la poupe du navire. Ils fixaient maintenant le vide, mais pour eux, ce n'était pas le vide. C'était l'avenir.

Atoll: Île des mers tropicales, formée de récifs coralliens qui entourent une lagune centrale, dite lagon.

Tuamotu: Archipel de la Polynésie française situé dans le Pacifique Sud, à l'est de Tahiti.

Paumotu: Habitant de l'archipel des Tuamotu. Langue parlée par les habitants des Tuamotu.

Table des matières